Adèle de Sén

marquise de Adélaïde-Marie-Emilie Filleul Souza-Botelho

Alpha Editions

This edition published in 2024

ISBN : 9789366382197

Design and Setting By
Alpha Editions
www.alphaedis.com
Email - info@alphaedis.com

As per information held with us this book is in Public Domain.
This book is a reproduction of an important historical work. Alpha Editions uses the best technology to reproduce historical work in the same manner it was first published to preserve its original nature. Any marks or number seen are left intentionally to preserve its true form.

AVANT-PROPOS

Cet ouvrage n'a point pour objet de peindre des caractères qui sortent des routes communes: mon ambition ne s'est pas élevée jusqu'à prétendre étonner par ses situations nouvelles. J'ai voulu seulement montrer, dans la vie, ce qu'on n'y regarde pas, et décrire ces mouvemens ordinaires du coeur qui composent l'histoire de chaque jour. Si je réussis à faire arrêter un instant mes lecteurs sur eux-mêmes, et si, après avoir lu cet ouvrage, ils se disent: *Il n'y a là rien de nouveau;* ils en sauraient me flatter davantage.

J'ai pensé que l'on pouvait se rapprocher assez de la nature, et inspirer encore de l'intérêt, en se bornant à tracer ces détails fugitifs qui occupent l'espace entre les événemens de la vie. Des jours, des années, dont le souvenir est effacé, ont été remplis d'émotions, de sentimens, de petits intérêts, de nuances fines et délicates. Chaque moment a son occupation, et chaque occupation a son ressort moral. Il est même bon de rapprocher sans cesse la vertu de ces circonstances obscures et inaperçues, parce que c'est la suite de ces sentimens journaliers qui forme essentiellement le fond de la vie. Ce sont ces ressorts que j'ai tâché de démêler.

Cet essai a été commencé dans un temps qui semblait imposer à une femme, à une mère, le besoin de s'éloigner de tout ce qui était réel, de ne guère réfléchir, et même d'écarter la prévoyance; et il a été achevé dans les intervalles d'une longue maladie: mais, tel qu'il est, je le présente à l'indulgence de mes amis.

> …. A faint shadow of uncertain light,
> Such as a lamp whose life doth fade away,
> Doth lend to her who walks in fear and sad affright.

Seule dans une terre étrangère, avec un enfant qui a atteint l'âge où il n'est plus permis de retarder l'éducation, j'ai éprouvé une sorte de douceur à penser que ses premières études seraient le fruit de mon travail.

Mon cher enfant! si je succombe à la maladie qui me poursuit, qu'au moins mes amis excitent votre application, en vous rappelant qu'elle eût fait mon bonheur! et ils peuvent vous l'attester, eux qui savent avec quelle tendresse je vous ai aimé; eux qui si souvent ont détourné mes douleurs en me parlant de vous. Avec quelle ingénieuse bonté ils me faisaient raconter les petites joies de votre enfance, vos petits bons-mots, les premiers mouvemens de votre bon coeur! Combien je leur répétais la même histoire, et avec quelle patience ils se prêtaient à m'écouter! Souvent à la fin d'un de mes contes, je m'apercevais que je l'avais dit bien des fois: alors, ils se moquaient doucement de moi, de ma crédule confiance, de ma tendre affection, et me parlaient encore de vous!... Je les remercie... Je leur ai dû le plus grand plaisir qu'une mère puisse avoir.

de F......

Londres, 1793.

LETTRE PREMIERE

Paris, ce 10 mai 17.

Je ne suis arrivé ici qu'avant-hier, mon cher Henri; et déjà notre ambassadeur veut me mener passer quelques jours à la campagne, dans une maison où il prétend qu'on ne pense qu'à s'amuser. J'y suis moins disposé que jamais: cependant, ne trouvant point d'objection raisonnable à lui faire, je n'ai pu refuser de le suivre; mais j'y ai d'autant plus de regret, qu'indépendamment de cette mélancolie qui me poursuit et me rend importuns les plaisirs de la société, j'ai rencontré hier matin une jeune personne qui m'occupe beaucoup. Elle m'a inspiré un intérêt que je n'avais pas encore ressenti; je voudrais la revoir, la connaître…. Mais je vais livrer à votre esprit moqueur tous les détails de cette aventure.

Je m'étais promené à cheval dans la campagne, et je revenais doucement par les Champs-Elysées, lorsque je vis sortir de Chaillot une énorme berline qui prenait le même chemin que moi. J'admirais presque également l'extrême antiquité de sa forme, et l'éclat, la fraîcheur de l'or et des paysages qui la couvraient. De grands chevaux bien engraissés, bien lourds, d'anciens valets, dont les habits, d'une couleur sombre, étaient chargés de larges galons: tout était antique, rien n'était vieux; et j'aimais assez qu'il y eût des gens qui conservassent avec soin des modes qui, peut-être, avaient fait le brillant et le succès de leur jeunesse. Nous allions entrer dans la place, lorsqu'un charretier, conduisant des pierres hors de Paris, appliqua un grand coup de fouet à ses pauvres chevaux qui, voulant se hâter, accrochèrent la voiture, et la renversèrent. Je courus offrir mes services aux femmes qui étaient dans ce carrosse, et dont une jetait des cris effroyables. Elle saisit mon bras la première: l'ayant retirée de là avec peine, je vis une grande et grosse créature, espèce de femme de chambre renforcée, qui, dès qu'elle fut à terre, ne pensa qu'à crier après le charretier, protester que madame la Comtesse le ferait mettre en prison, et ordonner aux gens de le battre, quoique jusque-là ils se fussent contentés de jurer sans trop s'échauffer. Je laissai cette furie pour secourir les dames à qui je jugeai qu'elle appartenait, et dont, injustes que nous sommes, elle me donnait assez mauvaise opinion.

La première qui s'offrit à moi était âgée, faible, tremblante, mais ne s'occupant que d'une jeune personne à laquelle j'allais donner mes soins, lorsque je la vis s'élancer de la voiture, se jeter dans les bras de son amie, l'embrasser, lui demander si elle n'était pas blessée, s'en assurer encore en répétant la même question, la pressant, l'embrassant plus tendrement à chaque réponse. Elle me parut avoir seize ou dix-sept ans, et je crois n'avoir jamais rien vu d'aussi beau.

Lorsqu'elles furent un peu calmées, je leur proposai d'aller dans une maison voisine pour éviter la foule et se reposer. Elles prirent mon bras. Je fus étonné de voir que la jeune personne pleurait. Attribuant ses larmes à la peur, j'allais me moquer de sa faiblesse, quand ses sanglots, ses yeux rouges, fatigués, me prouvèrent qu'une peine ancienne et profonde la suffoquait. J'en fus si attendri, que je m'oubliai jusqu'à lui demander bien bas, et en tremblant: "Si jeune! connaissez-vous déjà le malheur? Auriez-vous déjà besoin de consolation?" Ses larmes redoublèrent sans me répondre: j'aurais dû m'y attendre; mais avec un intérêt vif et des intentions pures, pense-t-on aux convenances? Ah! n'y a-t-il pas des momens dans la vie où l'on se sent ami de tout ce qui souffre?

En entrant dans cette maison, nous demandâmes une chambre pour nous retirer. L'extrême douleur de cette jeune personne me touchait et m'étonnait également. Je la regardais pour tâcher d'en pénétrer la cause, lorsque la dame plus âgée, qui sentait peut-être que les pleurs de la jeunesse demandent encore plus d'explications que ses étourderies, me dit: "Vous serez sans doute surpris d'apprendre que la douleur de ma petite amie vient des regrets qu'elle donne à son couvent: mais elle y fut mise dès l'âge de deux ans: long-temps auparavant, je m'y était retirée près de l'abbesse avec laquelle j'avais été élevée dans la même maison. Nous fûmes séduites par les grâces et la faiblesse de cette petite enfant: l'abbesse s'en chargea particulièrement ; et depuis, son éducation et ses plaisirs furent l'objet de tous nos soins. Sa mère l'avait laissée jusqu'à ce jour, sans jamais la faire sortir de l'intérieur du monastère; et nous pensions, qu'ayant deux garçons, elle désirait peut-être que sa fille se fît religieuse: mais tout-à-coup, avant-hier, elle a fait dire qu'elle la reprendrait aujourd'hui. Adèle se désolait en pensant qu'il fallait quitter ses amies, et j'ose dire sa patrie; car, sentimens, habitudes, devoirs, rien ne lui est connu au-delà de l'enceinte de cette maison. Aussi, lorsque la voiture de sa mère est arrivée, et que cette femme que vous avez vue s'est présentée, comme la personne de confiance à qui nous devions remettre notre chère enfant, nous avons craint qu'il ne fallût employer la force pour la faire sortir, et l'arracher des bras de l'abbesse. J'ai voulu adoucir sa douleur en la suivant, et la présentant moi-même à une mère qui désire sans doute de la rendre heureuse, puisqu'elle la rappelle auprès d'elle."

A ces mots, les pleurs de la petite redoublèrent, et sa vieille amie la supplia de se calmer. "Par pitié pour moi, lui disait-elle, ne me montrez pas une douleur si vive; pensez à celle que je ressens! Au nom de votre bonheur, ma chère Adèle, faites un effort sur vous-même; si cette femme revenait, que ne dirait-elle pas à votre mère? déjà elle a osé blâmer vos regrets." — La pauvre petite sentait sûrement qu'elle ne pouvait pas lui obéir; car elle se précipita aux pieds de son amie, et cacha sa tête sur ses genoux; nous n'entendîmes plus que ses sanglots.

Presque aussi ému qu'elles-mêmes, je m'en étais rapproché; j'avais repris leurs mains, je les plaignais, j'essayais de leur donner du courage, lorsque cette espèce de gouvernante, qui, je crois, nous avait écoutés, rentra et dit en me voyant si attendri, si près d'elles: "Comment donc, Monsieur! Mademoiselle doit être fort sensible à votre intérêt! Je doute cependant que madame la Comtesse fût satisfaite de voir Mademoiselle faire si facilement de nouvelles connaissances." — Je me rappelai que sa mère l'avait toujours tenue loin d'elle, qu'elles étaient parfaitement étrangères l'une à l'autre; et je repartis avec mépris: "C'est une facilité dont madame sa mère jouira bientôt; elle sera, je crois, fort utile à toutes deux. — Je n'entends pas ce que Monsieur veut dire. — Eh bien! lui répondis-je, vous pourrez en demander l'explication à madame la Comtesse. — Je n'y manquerai pas," dit-elle en ricanant; et, charmée de montrer son autorité, elle ajouta avec aigreur: "Mademoiselle, la voiture est prête; je vous conseille d'essuyer vos yeux, afin que madame votre mère ne voie pas la peine avec laquelle vous retournez vers elle." Nous nous levâmes sans lui répondre, et nous la suivîmes dans un silence que personne n'avait envie de rompre.

Avant de monter en voiture, Adèle me salua avec un air de reconnaissance et de sensibilité que rien ne peut exprimer. Sa vieille amie me remercia de mes soins, de l'intérêt que je leur avais témoigné. Je lui demandai la permission d'aller savoir de leurs nouvelles: elle me l'accorda, en disant: "Je pensais avec peine que peut-être nous ne nous reverrions plus." — Concevez-vous, Henri, que cette petite aventure si simple, qui vous paraîtra si insignifiante, m'ait laissé un sentiment de tristesse qui me domine encore?

Que pensez-vous d'une mère qui peut ainsi négliger son enfant? oublier le plus sacré des devoirs, le premier de tous les plaisirs? — Ah! pauvre Adèle, pauvre Adèle!.... En la voyant quitter sa retraite pour entrer dans un monde qu'elle ne connaît pas; en voyant sa douleur, je sentais cette sorte de pitié que nous inspire le premier cri d'une enfant. Hélas! le premier son de sa voix est une plainte; sa première impression est de la souffrance! Que trouvera-t-il dans la vie?

Je faisais des voeux pour le bonheur d'Adèle, et je me disais avec mélancolie combien il était incertain qu'elle en connût jamais. Malgré moi, je regardais ses larmes comme de tristes pressentimens; et je me reproche de l'avoir laissée sans lui dire, au moins, que je ne l'oublierais pas, et qu'elle comptât sur moi, si jamais elle avait besoin d'un ami zélé ou compatissant. Mais, adieu, mon cher Henri, je pars, et je pense avec plaisir que j'ai beaucoup de chemin à faire, bien du temps à être seul. Il est pourtant assez ridicule de faire courir des gens, des chevaux, pour arriver dans une maison dont je voudrais déjà être parti.

LETTRE II.

Au château de Verneuil, ce 16 mai.

Me voilà arrivé, mon cher Henri, l'esprit toujours occupé de cette sensible Adèle; j'y ai beaucoup réfléchi. Certes, si j'eusse pu deviner qu'il existait parmi nous une jeune fille soustraite au monde depuis sa naissance, unissant à l'éducation la plus soignée, l'ignorance et la franchise d'une sauvage, avec quel empressement je l'eusse recherchée! que de soins pour lui plaire! quel bonheur d'en être aimé! Je ne lui aurais demandé que d'être heureuse et de me le dire. Quel plaisir de la guider, de lui montrer le monde peu à peu et comme par tableaux, de lui donner ses idées, ses goûts, de la former pour soi! Avec quelle satisfaction je l'eusse fait sortir de sa retraite, pour lui offrir à la fois toutes les jouissances, tous les plaisirs, tous les intérêts! Dans sa simplicité, peut-être aurait-elle cru que mes défauts appartenaient à tous les hommes; tandis que son jeune coeur n'aurait attribué qu'à moi seul les biens dont elle jouissait…. Mais il est trop tard, beaucoup trop tard; ces huit jours passés dans le monde, ces huit jours la rendront semblable à toutes les femmes: n'y pensons plus; n'en parlons jamais.

Avec le goût que je vous connais pour les portraits et pour le bruit, vous seriez fort content ici. Quand j'y suis arrivé, madame de Verneuil et sa société avaient l'air de m'attendre, de me désirer; et quoique j'entendisse plusieurs personnes demander mon nom, toutes avaient un air de connaissance et même d'amitié qui vous aurait charmé. Lord D.... a parlé de ma fortune, dont je ne savais pas jouir; de ma jeunesse, dont je n'usais pas; de ma raison, qui ne m'a jamais fait faire que des folies: enfin, il a fait de moi un portrait tout nouveau et si ridicule, qu'il paraissait divertir beaucoup madame de Verneuil. Cette jeune femme riait, questionnait, plaisantait, comme si je n'eusse pas été dans la chambre. Je désirais tant d'être distrait, que pour la première fois j'enviai cette disposition à s'amuser; et souhaitant qu'elle me communiquât sa gaieté, je ne m'occupai que d'elle. Véritablement, pendant une heure, je n'eus d'idées que celles qu'elle me donnait. Lui demandais-je un nom? elle me peignait la personne. Elle a un tel besoin de rire et de se moquer, qu'elle n'aime et ne remarque que les choses ridicules; c'est un jeune chat qui égratigne, mais qui joue toujours. Comme elle n'a jamais la prétention d'occuper tout un cercle, qu'elle ne cherche même pas à attirer l'attention, elle parle toujours bas à la personne qui est près d'elle; ce qui donne à sa malignité un air de confiance qui fait qu'on la lui pardonne.

Elle m'a fait connaître cette société, comme si j'y eusse passé ma vie. "Voyez, me disait-elle, ces deux personnes qui disputent avec tant d'aigreur: ce sont deux hommes de lettres. Leur présence constitue beaux esprits les maîtres d'une maison. L'un, plein d'orgueil, entendra volontiers du bien des autres, parce que l'opinion qu'il a de sa supériorité empêche qu'il ne soit blessé par les éloges qu'on donne à ses rivaux. L'autre, pensant et disant du mal de tout le monde, permet aussi qu'on se moque de lui quelquefois. Tous deux pleins d'esprit, tous deux méchans; avec cette nuance que, pour faire une épigramme, l'un a besoin d'un ressentiment; et qu'il ne faut à l'autre qu'une idée. — Pour cet homme avec des cheveux blancs et un visage encore jeune," me dit-elle, en me désignant un homme entouré de jeunes gens qui l'écoutaient comme un oracle, "il a éprouvé des malheurs sans être malheureux. Tour à tour riche et pauvre, personne ne se passe mieux de fortune. Les femmes ont occupé une grande partie de sa vie; parfait pour celle qui lui plaît, jusqu'au jour où il l'oublie pour une qui lui plaît davantage: alors son oubli est entier; son temps, son coeur, son esprit sont remplis lorsqu'il est amusé. A peine sait-il qu'il a donné des soins à d'autres objets; et si jamais on veut le rappeler à d'anciennes liaisons, on pourra les lui présenter comme de nouvelles connaissances. Il sera toujours aimable parce qu'il est insouciant. Vous semblez étonné, ajouta-t-elle; c'est peut-être que vous n'avez pas assez démêlé l'insouciance de la personnalité." — Je la priai de vouloir bien m'expliquer la distinction qu'elle en faisait. — "L'homme insouciant ne s'attache ni aux choses, ni aux personnes," me répondit-elle; "mais il jouit de tout, prend le mieux de ce qui est à sa portée, sans envier un état plus élevé, ni se tourmenter de positions plus fâcheuses. Lui plaire, c'est lui rendre tous les moyens de plaire; et n'étant pas assez fort ni pour l'amitié ni pour la haine, vous ne sauriez lui être qu'agréable ou indifférent. L'homme personnel, au contraire, tient vivement aux choses et aux personnes; toutes lui sont précieuses; car dans le soin qu'il prend de lui, il prévoit la maladie, la vieillesse, l'utile, l'agréable, le nécessaire: tout peut lui servir pour le moment ou pour l'avenir. N'aimant rien, il n'est aucun sentiment, aucun sacrifice, qu'il n'attende et n'exige de ce qui a le malheur de lui appartenir. — Mais vous ne me parlez point des femmes? — C'est, me répondit-elle en riant, que j'y pense le moins possible; cependant j'ai fait un conte tout entier pour elles. Je ne me suis occupée que des vieilles: je ne regarde point les jeunes; j'ai toujours peur de les trouver trop bien ou trop mal." — Je dois entendre demain ce petit ouvrage (1) [(1) Ce conte est placé à la fin de ces lettres.]; s'il en vaut la peine, je vous l'enverrai. — Adieu, donnez-moi donc de vos nouvelles.

LETTRE III.

Paris, ce 24 mai.

Je me plaisais assez chez madame de Verneuil, mon cher Henri; son esprit me paraissait toujours nouveau, suffisamment juste, un peu railleur par le besoin de s'amuser, mais sa gaieté si vraie, que je la partageais sans le vouloir, quelquefois même sans l'approuver. Enfin, près d'elle, j'étais occupé sans être amoureux, et je l'amusais, disait-elle, sans l'intéresser. Un sage de vingt-trois ans la faisait rire; et ma raison lui paraissait plus ridicule que la folie des autres. Elle se serait moquée bien davantage, si elle avait su que cet Anglais si sévère restait occupé malgré lui d'une jeune personne qu'il n'avait vue qu'un instant. — Adèle avait fait sur moi une impression qui m'étonnait, et que vainement je voulais détruire. Son souvenir venait se mêler à toutes mes pensées, soit que je voulusse l'éloigner, en me représentant combien l'amour serait dangereux pour une ame ardente comme la mienne; ou qu'entraîné, sans m'en apercevoir, j'osasse penser au bonheur d'un mariage formé par une mutuelle affection. Adèle ne cessait de m'occuper. — J'avais beau le dire qu'elle n'était plus à son couvent; que peut-être je ne la retrouverais jamais, qu'il fallait l'oublier;

En songeant qu'il faut qu'on l'oublie,

On s'en souvient (1) [(1) Voici le couplet de l'ancienne chanson que cite lord Sydenham:

Pour chasser de sa souvenance
L'ami secret,
On se donne tant de souffrance
Pour peu d'effet!
Une si douce fantaisie
Toujours revient;
En songeant qu'il faut qu'on l'oublie,
On s'en souvient .].

et la raison même me parlait d'elle. Madame de Verneuil seule avait le pouvoir de me distraire: je la cherchais avec soin; je me plaçais à ses côtés comme un homme qui craint ou fuit un danger. Je commençais à espérer que si le hasard ne me faisait pas rencontrer Adèle, je finirais sûrement par n'y plus penser; lorsqu'hier, peut-être pour mon malheur, il s'éleva une dispute chez madame de Verneuil, pour savoir s'il était plus heureux d'être aimé d'une très-jeune personne, que de l'être par une femme qui eût déjà connu l'amour. Les vieillards préféraient l'innocence; la jeunesse voulait des sacrifices, de grandes passions: on dissertait lourdement, lorsque madame de Verneuil fit ces vers:

> Amans, amans, si vous voulez m'en croire,
> A des coeurs innocens consacrez vos désirs;
> Supplanter un amant peut donner plus de gloire ,
> Soumettre un coeur tout neuf donne plus de plaisir.

Personne ne les sentit plus que moi, et seul je ne les louai point. J'osai même contredire madame de Verneuil, plaisanter sur l'amour, douter de l'innocence: je disputais pour le plaisir d'entendre des raisons que j'avais repoussées mille fois. Ma tête était remplie d'Adèle, et je passai le reste du jour, la nuit entière, à y penser. — Je me disais que la voir n'était pas m'engager.... que peut-être je négligeais un bien que je ne retrouverais pas.... D'autres fois, redoutant l'amour, je me promettais de la fuir. Mais bientôt, me moquant de moi-même, je m'admirais de me créer ainsi des dangers et une perfection imaginaire. Je pensai qu'elle avait sûrement des défauts que l'habitude de la voir me ferait découvrir; et que pour cesser de la craindre, il ne fallait que la braver. La pitié vint encore se mêler à toutes mes réflexions. Je me la représentai malheureuse; car je ne doute point que sa mère, après l'avoir abandonnée si long-temps, ne l'ait rapprochée d'elle pour la tourmenter. Une voix secrète me reprochait le temps que j'avais perdu. Dans cette agitation je me déterminai à partir, sachant bien que, même si je devenais amoureux, il serait impossible que je fusse assez insensé pour offrir mon coeur et ma main à celle que je ne connaissais pas....

Que de temps je vais passer à l'étudier, à l'éprouver! Mais si un jour je puis acquérir la certitude qu'elle possède toutes les qualités qu'il faut pour me rendre heureux; si je peux lui plaire, qui pourra s'opposer à mon bonheur? N'ai-je pas tout ce qu'il faut en France pour décider un mariage? Un grand nom, une fortune immense; sûrement sa mère n'en demandera pas davantage. Elle verra un établissement convenable pour sa fille, et ne s'informera même pas si elle pourra être heureuse; mais mon coeur le lui promet; et si jamais elle m'appartient, puisse sa vie entière n'être troublée par aucun nuage!

Dès que je fus arrivé ici, j'allai au couvent d'Adèle; on me dit qu'il était trop tard, que, passé huit heures, personne ne pouvait être admis à la grille. Ce ne sera donc que demain que je saurai à qui m'adresser pour avoir de ses nouvelles; mais demain j'en aurai certainement, et je vous écrirai. Adieu, mon cher Henri.

LETTRE IV.

Paris, ce 26 mai.

Vous devez être content: n'avez-vous pas quelque secret pressentiment qui vous annonce une aventure ridicule? — J'allai hier au couvent d'Adèle, et je m'abandonnais aux plus flatteuses espérances. En entrant dans la cour, je vis beaucoup de voitures, de valets, de curieux qui attendaient; enfin l'appareil d'une cérémonie, quoiqu'il y eût sur tous les visages une sorte de tristesse qui ne me donnait point l'idée d'une fête.

Je demandai l'Abbesse: on me répondit qu'elle était à l'église; qu'on y célébrait dans ce moment le mariage d'une jeune personne qui avait été élevée dans cette maison, mais que dans quelques instans je serais admis à la grille. A peine ce peu de mots avaient-ils été prononcés que je vis tous les cochers courir à leurs chevaux, les valets entourer la porte de l'église, et le peuple se presser au bas des degrés qui y conduisent. Bientôt les portes s'ouvrirent, et jugez de mon trouble en voyant paraître Adèle, parée avec éclat, mais bien moins jolie que le jour où je la rencontrai pour la première fois. Elle était couverte d'argent et de diamans. Cette magnificence contrastait si fort avec son extrême pâleur, que j'en fus attendri jusqu'aux larmes. Elle descendit l'escalier sans lever les yeux, donnant la main à un jeune homme que je crois être le marié, car il était paré aussi comme on l'est un jour de noces. Sa figure est belle, son maintien modeste et doux. Il la regardait avec des yeux qui semblaient chercher à la rassurer; cependant je ne lui trouvai point cet air heureux que l'on a lorsque le coeur est assuré du coeur.... Adèle, oserait-il vous épouser sans amour?

Immédiatement après venait un vieillard goutteux, qui est sans doute le père du jeune homme. Il se traînait, appuyé sur deux personnes qui avaient peine à le soutenir; et s'il n'avait pas eu l'air très-souffrant, son extrême parure l'aurait rendu bien ridicule. La mère d'Adèle le suivait; je l'aurais devinée partout où je l'aurais rencontrée. Ses traits ressemblent à ceux de sa fille; mais qu'ils ont une expression différente! Adèle a l'air noble et sensible; sa mère paraît fière et sévère. Dans quelqu'état qu'elles fussent nées, la beauté de leur taille, la régularité de leurs traits les feraient distinguer parmi toutes les femmes: mais Adèle a un charme irrésistible; son ame semble attirer toutes les autres; elle vous plaît sans avoir envie de vous plaire, et vous laisse persuadé que si elle eût parlé, si elle fût restée, elle vous aurait attaché encore davantage.

Ils montèrent tous les quatre dans la même voiture; et, sans m'amuser à regarder le reste de la noce, je sortis à pied du couvent, prenant le chemin que je leur avais vu prendre. Je les regardai tant que je pus les voir, mais sans me hâter de les suivre. Je marchais lentement, livré à mes réflexions: ma tristesse augmentait, en me retrouvant sur cette même route où la première fois j'avais rencontré Adèle. Aussi lorsque je fus arrivé à l'endroit où sa voiture s'était cassée, je fus effrayé de ce danger comme s'il eût été présent. Je n'avais pas encore pensé qu'elle aurait pu être blessée, et cette idée me fit frémir. Il me fut impossible d'avancer davantage; j'allais, je revenais sous ces mêmes arbres, parcourant le même espace où nous avions été ensemble. Enfin j'entrai dans la maison où je l'avais conduite; je demandai cette chambre où ses larmes m'avaient si vivement attendri; et là j'interrogeai mon coeur, j'y trouvai ce regret qu'on éprouve lorsqu'on perd un bonheur dont on s'était fait une vive idée…. Peut-être ne m'aurait-elle jamais aimé; sûrement je ne l'aimais pas encore non plus; mais elle avait réveillé en moi toutes ces espérances d'amour, de bonheur intérieur: biens suprêmes!… Que de réflexions ne fis-je pas sur ces mariages d'intérêt, où une malheureuse enfant est livrée par la vanité ou la cupidité de ses parens à un homme dont elle ne connaît ni les qualités, ni les défauts. Alors il n'y a point l'aveuglement de l'amour; il n'y a pas non plus l'indulgence d'un âge avancé: la vie est un jugement continuel. Eh! quelles sont les unions qui peuvent résister à une sévérité de tous les momens? Les enfans même n'empêchent pas ces sortes de liens de se rompre. Ah! pourquoi toutes ces idées? pourquoi m'occuper encore d'Adèle? Peut-être ne la reverrai-je jamais…. Cependant je ne puis cesser d'y penser. Les larmes qu'elle répandait en quittant son couvent étaient trop amères pour être toutes de regret; je crains bien que le peur de ce mariage ne les fit aussi couler.

LETTRE V.

Paris, ce 16 juin.

Il y a déjà plus de quinze jours que je ne vous ai donné de mes nouvelles, mon cher Henri. Pendant ce temps ma vie a été si insipide, si monotone, que j'aurais craint de vous communiquer mon ennui en vous écrivant; je garderais encore le même silence, si, hier, je n'avais pas été tout-à-coup réveillé de cette léthargie par la vue d'Adèle, aujourd'hui madame la marquise de Sénange.

J'avais traîné mon oisiveté au spectacle. Le premier acte était déjà assez avancé, sans que je susse quel opéra on représentait: et j'étais bien déterminé à ne pas le demander; car étant venu pour me distraire, je prétendais qu'on m'amusât, sans même être disposé à m'y prêter. J'étais assis au balcon, à moitié couché sur deux banquettes, bâillant à me démettre la mâchoire, lorsqu'on monsieur très-officieux et très-parlant me dit: "Voilà une actrice qui chante avec bien de l'expression. — Elle me paraît crier beaucoup, lui répondis-je; mais je n'entends pas un mot de ce qu'elle dit. — Ah! c'est que monsieur ne sait peut-être pas qu'on vend ici des livres où sont les paroles de l'opéra; si monsieur veut, je vais lui en faire avoir un. — Non, je ne suis pas venu ici pour lire: on m'a dit que ce spectacle m'amuserait; c'est l'affaire de ces messieurs qui chantent là-bas; je ne dois pas me mêler de cela." Alors il me quitta pour aller déranger quelqu'un de plus sociable que moi.

Continuant à ne rien comprendre à la joie ou aux chagrins des acteurs, je tournai le dos au théâtre, et me mis à examiner la salle, lorsqu'à quelque distance de moi on ouvrit avec bruit une loge dans laquelle je vis paraître Adèle, parée avec excès. Je n'ai jamais vu tant de diamans, de fleurs, de plumes, entassés sur la même personne: cependant, comme elle était encore belle! Je sentais qu'elle pouvait être mieux, mais aucune femme n'était aussi bien. Sa mère et ce beau jeune homme étaient avec elle. Je jugeai à son étonnement, aux questions qu'elle parut leur faire, que c'était la première fois qu'elle venait à ce spectacle; et je ne sais pourquoi je fus bien aise que le hasard m'y eût conduit aussi pour la première fois.

Adèle eut l'air de s'amuser beaucoup. Pendant l'entr'acte, elle promena ses regards sur toute la salle; mais à peine m'eut-elle aperçu, que je la vis parler à sa mère avec vivacité, me désigner, reparler encore, et toutes deux me saluèrent, en me faisant signe de venir dans leur loge. J'y allai; Adèle me reçut avec un sourire et des yeux qui m'assurèrent qu'elle était bien aise de me revoir. Sa mère m'accabla de remercîmens pour les soins que j'avais donnés à sa fille. Ne sachant que répondre à tant d'exagérations, je m'adressai au jeune homme, et lui fis une espèce de compliment sur mon bonheur d'avoir été utile à sa femme. "— Ma femme! reprit-il d'un air surpris; je n'ai jamais été marié. — Comment, lui dis-je en montrant Adèle, vous n'êtes pas le mari de cette belle personne? — Non, répondit-il, c'est ma soeur. — Votre soeur! Mais vous lui donniez la main à l'église le jour son mariage?" Adèle se retourna avec vivacité et me dit: "Est-ce que vous y étiez?…" — Un air d'innocence et de joie brillait dans ses yeux et l'embellissait encore; il me semblait qu'un sentiment secret nous éclairait, au même instant, sur l'intérêt qui m'avait porté à la chercher…. Combien j'étais ému! Insensé que je suis…. Hélas! le jeune homme détruisit bientôt une si douce illusion en me disant: "Qu'il avait donné le bras à sa soeur parce que le marié, ayant été pris le matin d'une attaque de goutte, avait besoin d'être soutenu. — Quoi! m'écriai-je avec une vivacité, une indignation dont je ne fus pas le maître, est-ce que ce serait ce vieillard qui marchait après vous? — Oui," répondit-il d'un air si embarrassé, que bientôt après il nous quitta. Un regard sévère de sa mère m'apprit combien mon exclamation lui avait déplu; et voulant peut-être éviter que je ne fisse encore quelques réflexions aussi déplacées, elle m'accabla de questions sur ma famille, sur mon pays, sur mon goût pour les voyages, sur les lieux que j'avais parcourus, sur ceux où je comptais aller; enfin elle m'excéda.

Mais combien j'étais plus tourmenté de voir cette Adèle, il n'y a pas encore un mois, si ingénue, si timide, maintenant occupée du spectacle comme si elle y eût passé sa vie; riant, se moquant; enchantée de voir et d'être vue! Tout en elle me blessa; paraissait-elle attentive? j'étais choqué qu'elle pût se distraire de sa nouvelle situation. Sa légèreté me révoltait plus encore. Peut-elle, me disais-je, après avoir consenti à donner sa main à un homme que sûrement elle déteste, peut-elle goûter aucun plaisir?… Je cherchais en vain quelques traces de larmes sur ce visage dont la gaieté m'indignait. Si elle eût eu seulement l'apparence de la tristesse, du regret, je me dévouais à elle pour la vie: la pitié aurait achevé de décider un sentiment qu'une sorte d'attrait avait fait naître; mais sa gaieté m'a rendu à moi-même. — Quelle honte que ces mariages! Il y a mille femmes qu'on ne voudrait pas revoir, qu'on n'estimerait plus, si elles se donnaient volontairement à l'homme qu'elles se résignent à épouser.

Toute la magnificence qui entourait Adèle me semblait le prix de son consentement. Je me rapprochai d'elle; et sans fixer un instant mes yeux sur les siens, j'examinais sa parure avec une attention si extraordinaire, qu'elle en eut l'air embarrassée. Mon visage exprimait le plus froid dédain, et je ne proférais que des éloges stupides. Voilà, disais-je, de bien belles plumes! — Vos diamans sont d'une bien belle eau! — Votre collier est d'un goût parfait — Elle ne répondait que par monosyllabes, et cherchait toujours à tourner la conversation sur d'autres objets; mais je la ramenais avec soin à l'admiration que semblait me causer sa parure. Ne paraissant frappé que de l'odieux éclat qui l'environnait, ne louant que ce qui n'était pas à elle, je ne doutais pas qu'elle ne devinât les sentimens que j'éprouvais. Je lui parlai de sa robe, de ses rubans! Mes regards tombèrent par hasard sur ses mains; elle craignit sans doute que je ne louasse encore de fort beaux bracelets qu'elle portait, et remit ses gants avec tant d'humeur, qu'un des fils s'étant cassé, tout un rang de perles s'échappa. Sa mère se récria sur la maladresse de sa fille, sur la valeur de ces perles qui étaient uniques par leur grosseur et leur égalité. — Elles ont coûté bien cher, dis-je en regardant Adèle, qui me répondit en prenant à son tour l'air du dédain: *elles sont sans prix*…... Je la considérai avec étonnement: elle baissa les yeux et ne me parla plus.

Que veut-elle dire avec ces mots *sans prix?*… Sa mère faisait un tel bruit, se donnait tant de mouvement, que nous nous mîmes aussi à chercher. Ces perles étaient toutes tombées dans la loge; j'en retrouvai la plus grande partie, et les rendis à Adèle, qui me dit avec assez d'aigreur, qu'elle regrettait la peine que j'avais prise pour elle. — Sa mère s'émerveilla sur le bonheur de m'avoir toujours de nouvelles obligations, et me pria d'aller leur demander à dîner un des jours suivans. Je refusai; elle insista: mais sa fille eut tellement l'air de le redouter, qu'aussitôt j'acceptai. Cependant ces mots *sans prix* me reviennent sans cesse…. Ah! si elle avait été sacrifiée!… Que je la plaindrais!… Mais sa gaieté! cette gaieté vient tout détruire. Que ne puis-je l'oublier!

LETTRE VI.

Paris, ce 20 juin.

J'ai été dîner chez Adèle aujourd'hui, mon cher Henri; et comme vous aimez les portraits, les détails, je vais essayer de vous faire partager tout ce que j'ai ressenti. — Je suis arrivé chez elle un peu avant l'heure où l'on se met à table. Jugez si j'ai été étonné de la trouver habillée avec la plus grande simplicité: une robe de mousseline plus blanche que la neige, un grand chapeau de paille sous lequel les plus beaux cheveux blonds retombaient en grosses boucles; point de rouge, point de poudre; enfin, si jolie et si simple, que j'aurais oublié son mariage, sa magnificence, sa gaieté, si son vieux mari ne me les avait rappelés plus vivement que jamais. Cependant il m'a reçu avec assez de bonhomie, m'a fait mettre à table près de lui, m'a appris qu'il avait été en Angleterre, il y avait plus de cinquante ans; qu'il en avait alors vingt, et qu'il y avait été bien heureux. Pendant tout le dîner, il n'a parlé des Anglaises qu'il avait connues. Aucune d'elles ne vivait plus; et j'étais si peiné de répondre à chaque personne qu'il me nommait, *elle est morte…… elle n'existe plus; — déjà!…… encore!* disait-il tristement. Les compagnons de sa jeunesse, qu'il avait vu mourir successivement, l'avaient moins frappé. Ce n'avait jamais été que la maladie d'un seul, la perte d'un seul qui l'avait affligé; mais là, il se rappelait à la fois un grand nombre de gens qu'il n'avait pas vu vieillir, quoiqu'il se souvînt qu'ils fussent tous de son âge. J'étais si fâché des retours qu'il devait faire sur lui-même, que, lorsqu'il m'a nommé une de mes tantes, que nous avons perdue à vingt ans, j'ai senti une sorte de douceur à lui apprendre qu'elle était morte si jeune: et lui-même, probablement sans s'en rendre raison, s'est arrêté avec elle, ne m'a plus parlé que d'elle, et s'est beaucoup étendu sur le danger des maladies vives dans la jeunesse. Je suis entré dans ses idées; je ne m'occupais plus que de lui; et réellement j'étais si malheureux de l'avoir attristé, que j'aurais consenti volontiers à passer le reste du jour à l'écouter ou à le distraire.

Après dîner, nous sommes retournés dans le salon. Monsieur de Sénange s'est endormi dans son immense fauteuil; Adèle s'est mise à un grand métier de tapisserie; et moi je me suis rapproché d'elle. Je la regardais travailler avec plaisir. J'étais bien aise que le sommeil de son mari, la forçant à parler bas, nous donnât un air de confiance et d'intimité, auquel je n'aurais pas osé prétendre. Le respect qu'elle paraissait avoir pour son repos, sa douceur, tout faisait renaître en moi le premier intérêt qu'elle m'avait inspiré.

En observant la simplicité de sa parure, j'ai osé lui dire que je la trouvais presque aussi belle que le jour où elle était sortie du couvent; elle m'a répondu assez sèchement, qu'elle ne faisait jamais sa toilette que le soir. J'ai vu qu'elle aurait été bien fâchée que je crusse que c'était pour moi qu'elle avait renoncé à tout son éclat; mais le craindre autant, n'était-ce pas me prouver un peu qu'elle y avait pensé? Elle m'a fait beaucoup d'excuses de m'avoir reçu en tiers avec eux, a dit que, sa mère étant malade, elle n'avait pas osé inviter du monde sans elle…; que si elle avait su où je demeurais, elle m'aurait fait prier de prendre un autre jour…. et, sans attendre ma réponse, elle s'est levée, en me demandant la permission d'aller rejoindre sa mère. Elle a fait venir quelqu'un pour rester auprès de son mari, et, marchant sur la pointe des pieds, elle est sortie pour aller remplir d'autres devoirs. Je l'ai conduite jusqu'à l'appartement de sa mère. Avant de me quitter, elle m'a renouvelé encore toutes ses excuses… Dites-moi, Henri, pourquoi cet excès de politesse m'affligeait? Pouvais-je attendre d'elle plus de bonté, plus de confiance? — Lorsqu'à l'Opéra elle me reconnut, m'appela, me reçut avec l'air si content de me revoir, n'ai-je pas cherché à lui déplaire, à l'offenser? Sans la connaître, n'ai-je pas osé la juger, lui montrer que je la blâmais, et de quoi? D'avoir, à seize ans, paru s'amuser d'un spectacle vraiment magique, et qu'elle voyait pour la première fois. Si je la croyais malheureuse, n'était-il pas affreux de lui faire un crime d'un moment de distraction, de chercher à lui rappeler ses peines, à en augmenter le sentiment?… Ah! j'ai été insensé et cruel: est-il donc écrit que je serai toujours mécontent de moi ou des autres?

LETTRE VII.

Paris, ce 29 juin.

Je suis retourné chez Adèle; on m'a dit que sa mère étant très-mal, elle ne recevait personne. Voilà donc encore un malheur qui la menace, et elle n'aura pas près d'elle un ami qui la console, un coeur qui l'entende. Sans ma ridicule sévérité, peut-être ses yeux m'auraient-ils cherché: j'avais vu couler ses larmes, elle m'avaient attendri; n'était-ce pas assez pour qu'elle crût à mon intérêt? A son âge, l'ame s'ouvre si facilement à la confiance! la moindre marque de compassion paraît de l'amitié; la plus légère promesse semble un engagement sacré; le premier bonheur de la jeunesse est de tout embellir. Avant de me revoir, je suis sûr que, dans ses peines, la pensée d'Adèle s'est toujours reportée vers moi. Lorsque je l'ai retrouvée, ses brillaient de joie; son coeur venait au-devant du mien; pourquoi l'ai-je repoussé! — Je crois bien qu'il n'entrait dans ses sentimens, que le souvenir de ses religieuses, de son couvent, du premier moment où elle en est sortie. Elle me voyait encore le témoin, le consolateur de son premier chagrin. Enfin elle me recevait comme un ami; et j'ai glacé, jusqu'au fond de son coeur, ces douces émotions qu'elle ressentait avec tant d'innocence et de plaisir! — Cette idée me fait mal. — Si je pouvais la voir, lui dire combien elle m'avait occupé; lui apprendre les projets que j'avais formés, tout le bonheur qu'ils m'avaient fait entrevoir, je crois que la paix renaîtrait dans mon ame, que le calme me reviendrait à mesure que je lui parlerais. Il ne m'est plus permis de paraître indifférent: l'intérêt vif qu'elle m'avait inspiré peut seul m'excuser et faire naître son indulgence.

Lorsqu'elle m'aura pardonné, qu'elle ne me croira plus ni injuste, ni trop sévère, je serai tranquille; et alors je verrai si je dois continuer mes voyages, ou céder au désir que j'ai d'aller vous retrouver.

LETTRE VIII.

Paris, ce 4 juillet.

Adèle ne reçoit encore personne, mais sa mère est mieux; ainsi je suis un peu moins tourmenté. — Que je voudrais qu'elle fût heureuse! son bonheur m'est devenu absolument nécessaire; ses peines ont le droit de m'affliger, et je sens cependant que sa joie et ses plaisirs ne sauraient suspendre mes ennuis. — Mais enfin, sa mère est mieux; jouissons au moins de ce moment de tranquillité.

Cette nouvelle ayant un peu dissipé ma sombre humeur, je me crus plus sociable, et j'allai hier à une grande assemblée chez la duchesse de ***. Il y avait beaucoup de monde, et surtout beaucoup de femmes. Ne connaissant presque personne, je me mis dans un coin à examiner ce grand cercle. Vous croyez bien que je n'ai pas perdu cette occasion d'essayer le beau système que vous avez découvert. Je m'amusai donc à chercher, d'après l'extérieur et la manière d'être de chacune de ces femmes, les défauts ou les qualités des gens qu'elles ont l'habitude de voir; ce qui, à une première vue, est, comme vous le prétendez, beaucoup plus aisé à deviner qu'il n'est facile de les juger elles-mêmes. Il y en avait une d'environ trente ans, qui n'a pas dit un mot, et qui était toujours dans l'attitude d'une personne qui écoute, approuvant seulement par des signes de tête. Voilà qui est clair, me suis-je dit; c'est une pauvre femme dont le mari est si bavard qu'il l'a rendue muette: je suis sûr que depuis des années il lui a été impossible de placer un mot dans leur conversation. Quoique je n'en doutasse pas, je voulus m'en assurer; et me rapprochant d'un homme vêtu de noir, d'une figure assez grave, et qui se tenait, comme moi, dans un coin, à observer tout le monde sans parler à personne: "Oserais-je vous demander, lui dis-je, si cette dame, qui est là-bas en brun? — Où? — Celle qui est si bien mise, à laquelle il ne manque pas une épingle? — Hé bien? — Si cette dame n'a pas un mari fort bavard? — Je ne le connais pas: ils sont séparés depuis long-temps. — Séparés!... mais au moins, ajoutai-je, son meilleur ami ne parle-t-il pas beaucoup? — Affreusement: avec de l'esprit; il en est insupportable. — J'en suis charmé, m'écriai-je. — Et pourquoi donc cela vous fait-il tant de plaisir?" Alors je lui expliquai votre système, qu'il saisit avidement; et toujours jugeant, sur les personnes que nous voyions, le caractère de celles qui étaient absentes, nous fîmes des découvertes qui auraient fort étonné ces dames. Je me suis très-amusé: mais apparemment que je n'en avais pas l'air, car nous entendîmes une jeune femme qui disait en me regardant: *Comme les Anglais sont tristes!* Je devinai que cela pouvait bien signifier, *comme lord Sydenham est ennuyeux!* et mon compagnon l'ayant pensé comme moi, je m'en allai très-satisfait de mes observations, et regrettant seulement de ne vous avoir pas eu avec nous, pour vous voir jouir de ce nouveau succès.

LETTRE IX.

Paris, ce 12 juillet.

Je passai hier à la porte d'Adèle; on me dit encore qu'elle ne recevait personne. J'allais partir, lorsque mon bon génie m'inspira de demander des nouvelles de monsieur de Sénange; On me répondit qu'il était chez lui, et tout de suite les portes s'ouvrirent. Ma voiture entra dans la cour; je descendis, tout étourdi de cette précipitation, et ne sachant pas trop si j'étais bien aise ou fâché de faire cette visite. — Un valet de chambre me conduisit dans le jardin où il était. Je l'aperçus de loin qui se promenait appuyé sur le bras d'Adèle. En la voyant je m'arrêtai, indécis, et souhaitais de m'en aller; car, puisqu'elle m'avait fait défendre sa porte, il m'était démontré qu'elle ne désirait pas de me voir: mais le valet de chambre avançait toujours, et il fallut bien le suivre.

Lorsqu'il m'eut annoncé, le marquis et sa femme se retournèrent pour venir au-devant de moi. Je les joignis avec un embarras que je ne saurais vous rendre. Un trouble secret m'avertissait que j'étais désagréable à Adèle; que peut-être son vieux mari ne me reconnaîtrait plus. Je me sentis rougir; je baissais les yeux; et je ne conçois pas encore comment je ne suis pas sorti, au lieu de leur parler. Je les saluai, en leur faisant un compliment qu'ils n'entendirent sûrement pas, car je ne savais pas ce que je disais.

Monsieur de Sénange me reprocha d'avoir été si long-temps sans les voir. — Je lui dis que j'étais venu bien des fois, et n'avais pas été assez heureux pour les trouver. — Adèle, alors, crut devoir m'apprendre la maladie de sa mère, qui, pendant long-temps, l'avait empêchée de recevoir du monde; et son départ pour les eaux, qui, la laissant privée de toute surveillance maternelle, l'obligeait à garder encore la même retraite. "Mais, ajouta-t-elle, toutes les fois que vous viendrez voir monsieur de Sénange, je serai très-aise si je me trouve chez lui." Sa voix était si douce, que j'osai lever les yeux et la regarder: la sérénité de son visage, son sourire, me rendirent le calme et l'assurance. Je marchai auprès d'eux, mesurant mes pas sur la faiblesse de monsieur de Sénange. J'éprouvais une sorte de satisfaction à imiter ainsi la bonne, la complaisante Adèle.

Après quelques minutes de conversation, je me sentis si à mon aise; monsieur de Sénange était de si bonne humeur, que je me crus presque de la famille: et sa canne étant tombée, au lieu de la lui rendre, je pris doucement sa main, et la passai sous mon bras, en le priant de s'appuyer aussi sur moi. Il me regarda en souriant, et nous marchâmes ainsi tous trois ensemble. Hélas! il fut bien long-temps pour traverser une très-petite distance, un chemin qu'Adèle aurait fait en un instant si elle eût été seule. Je l'admirais de ne pas témoigner la moindre impatience, le plus léger mouvement de vivacité. Enfin nous arrivâmes auprès d'une volière, devant laquelle il s'assit; je restai avec lui. Pour

Adèle, elle fut voir ses oiseaux, leur parler, regarder s'ils avaient à manger; et continuellement, allant à eux, revenant à nous, ne se fixant jamais, elle s'amusa sans cesser de s'occuper de son mari, et même de moi. Nous restâmes là jusqu'au coucher du soleil. L'air était pur, le temps magnifique; Adèle était aimable et gaie; les regards de monsieur de Sénange m'exprimaient une affection qui m'étonnait. Dans un moment où elle était auprès de ses oiseaux, il me dit avec attendrissement: "Je suis bien coupable de n'avoir pas d'abord reconnu votre nom: je ne me le pardonnerais point, s'il n'avait été indignement prononcé. Lorsque j'ai été en Angleterre, j'ai contracté envers votre famille les plus grandes obligations. J'ai aimé votre mère comme ma fille; je veux vous chérir comme mon enfant. Un jour je vous conterai des détails qui vous feront bénir ceux à qui vous devez la vie." Adèle revint, et il changea aussitôt de conversation. Je ne pus ni le remercier, ni l'interroger; mais s'il n'a besoin que d'un coeur qui l'aime, il peut compter sur mon attachement.

Sans pouvoir définir cette sorte d'attrait, je me sentais content près d'eux. Adèle voulut savoir si je trouvais sa volière jolie. Je lui répondis qu'elle allait bien avec le reste du jardin. Ce n'était pas en faire un grand éloge, car il est affreux: c'est l'ancien genre français dans toute son aridité; du bois, du sable et des arbres taillés. La maison est superbe; mais on la voit tout entière. Elle ressemble à un grand château renfermé entre quatre petites murailles; et ce jardin, qui est immense pour Paris, paraissait horriblement petit pour la maison. Cette volière toute dorée était du plus mauvais goût. Adèle me demanda si j'avais de beaux jardins, et surtout des oiseaux? — Beaucoup d'oiseaux, lui dis-je; mais les miens seraient malheureux s'ils n'étaient pas en liberté. J'essayai de lui peindre ce parc si sauvage que j'ai dans le pays de Galles: cela nous conduisait à parler de la composition des jardins. Elle m'entendit, et pria son mari de tout changer ans le leur, et d'en planter un autre sur mes dessins. Il s'y refusa avec le chagrin d'un vieillard qui regrette d'anciennes habitudes; mais dès que je lui eus rappelé les campagnes qu'il avait vues en Angleterre, il se radoucit. Les souvenirs de sa jeunesse ne l'eurent pas plutôt frappé, qu'il me parla de situations, de lieux qu'il n'avait jamais oubliés; et bientôt il finit par désirer aussi, que toutes ces allées sablées fussent changées en gazons. Ils exigèrent donc que je vinsse aujourd'hui, dès le matin, avec des dessins, avec un plan qui pût être exécuté très-promptement: ainsi me voilà créé jardinier, architecte, et, comme ces messieurs, ne doutant nullement de mes talens ni de mes succès. — Adieu, mon cher Henri; trouvez bon que je vous quitte pour aller joindre mes nouveaux maîtres.

LETTRE X.

Paris, ce 15 juillet.

J'arrivai chez monsieur de Sénange avec mon porte-feuille et mes crayons; il n'était que midi juste, et cependant Adèle avait l'air de m'attendre depuis long-temps. *Voyons, voyons*, me cria-t-elle du plus loin qu'elle m'aperçut. J'osai lui représenter en souriant, que les ayant quittés la vielle à la fin du jour, et revenant d'aussi bonne heure le lendemain, il était impossible que j'eusse eu le temps de travailler. Que ferons-nous donc? dit-elle d'un air un peu boudeur. — Je lui proposai de dessiner. — Aussitôt elle donna pour avoir une grande table, auprès de laquelle je m'établis. Monsieur de Sénange fit apporter les plans de sa maison, et ceux du jardin. Je mesurai le terrain, calculai les effets à ménager, les défauts à cacher, les différens arbres qu'on emploierait, ceux qu'il fallait arracher, les sentiers, les gazons, les touffes de fleurs, la volière surtout; je n'oubliai rien. Cependant Adèle voulait une rivière, et comme il n'y avait pas une goutte d'eau dans la maison, il s'éleva entr'eux un différend dont j'aurais bien voulu que vous fussiez témoin. Elle mit tout son esprit à prouver la facilité d'en établir une. Son mari l'écoutait avec bonté; s'en moquait doucement, louait avec admiration l'adresse qu'elle employait à rendre vraisemblable une chose impossible: elle riait, s'obstinait, mais ne montrait de volonté que ce qu'il en faut pour être plus aimable en se soumettant. Enfin ils finirent par décider que ma peine serait perdue, et qu'on ne changerait rien au jardin; mais que monsieur de Sénange ayant une fort belle maison à Neuilly, au bord de la Seine, ils iraient s'y établir; "et là, dit-il à Adèle, il y a une île de quarante arpens; je vous la donne. Vous y changerez, bâtirez, abattrez tant qu'il vous plaira; tandis que moi je garderai cette maison-ci telle qu'elle est. Ces arbres, plus vieux que moi encore, et qu'intérieurement je vous sacrifiais avec un peu de peine, l'été, me garantiront du soleil, l'hiver, me préserveront du froid; car à mon âge tout fait mal. Peut-être aussi la nature veut-elle que nos besoins et nos goûts nous rapprochent toujours des objets avec lesquels nous avons vieilli. Ces arbres, mes anciens amis, vous les couperiez! ils me sont nécessaires…." Adèle, ajouta-t-il avec attendrissement, "puissiez-vous dans votre île, planter des arbres qui vous protégent aussi dans un âge bien avancé!…" Elle prit sa main, la pressa contre son coeur, et il ne plus question de rien changer. Elle déchira mes plans, mes dessins, sans penser seulement à m'en demander la permission, ou à m'en faire des excuses. Son coeur l'avertissait, j'espère, qu'elle pouvait disposer de moi.

Le reste de la journée se passa en projets, en arrangemens pour ce petit voyage. Adèle sautait de joie en pensant à son île. Il y aura, disait-elle, des jardins superbes, des grottes fraîches, des arbres épais: rien n'était commencé, et déjà elle voyait tout à son point de perfection!…. Heureux âge!… je vous remerciais pour elle, avenir brillant, mais trompeur! ah! lorsque le temps lui apportera des chagrins, au moins ne la laissez jamais sans beaucoup d'espérances!....

Je ne pouvais m'empêcher de sourire, en l'entendant parler de la campagne, comme si j'avais toujours dû la suivre. Tous les momens du jour étaient déjà destinés: "*Nous* déjeûnerons à dix heures, me disait-elle; ensuite, *nous* irons dans l'île; à trois heures *nous* dînerons;" et toujours *nous*. Je n'osais ni l'approuver, ni l'interrompre, lorsque monsieur de Sénange, averti peut-être par ces *nous* continuels, pensa à me proposer d'aller avec eux. La pauvre petite n'avait sûrement pas imaginé que cela pût être autrement, car elle l'écouta avec un étonnement marqué, et attendit ma réponse dans une inquiétude visible. Je l'avoue, Henri, je restai quelques momens indécis, comme cherchant dans ma tête si je n'avais pas d'autres engagemens; mais c'était pour jouir de l'intérêt qu'elle paraissait y attacher: et lorsque j'acceptai, tous ses projets et sa gaieté revinrent. Elle continua jusqu'au soir, que je les quittai, promettant de venir aujourd'hui pour les accompagner à Neuilly; cependant j'attendrai que j'y sois arrivé pour croire à ce voyage. Il y a déjà trois jours de passés, et peut-être a-t-elle quitté, repris et changé vingt fois de détermination. Elle a si vite renoncé à mon jardin anglais, que cela m'inspire un peu de défiance.

LETTRE XI.

Neuilly, ce 16 juillet.

C'est de Neuilly que je vous écris, mon cher Henri; nous y sommes depuis hier, et j'ai déjà trouvé le moyen d'être mécontent d'Adèle et de lui déplaire. Lorsque j'arrivai chez monsieur de Sénange, elle était si pressée d'aller voir son île, qu'à peine me donna-t-elle le temps de le saluer; il fallut partir tout de suite. "Allons, venez," lui dit-elle en prenant son bras pour l'emmener. — Il se leva; mais au lieu d'aider sa marche affaiblie, elle l'entraînait plutôt qu'elle ne le soutenait. Dans une grande maison, le moindre déplacement est une véritable affaire. Tous les domestiques attendaient dans l'antichambre le passage de leurs maîtres; les uns pour demander des ordres, les autres pour rendre compte de ceux qu'ils avaient exécutés. Chacun d'eux avait quelque chose à dire, et Adèle répondait à tous: *oui, oui, oui,* sans même les avoir entendus. Son mari voulait-il leur parler? elle ne lui en laissait pas le temps, et l'entraînait toujours vers la voiture. Cette impatience me déplut; je pris l'autre bras de monsieur de Sénange, et lui servant de contrepoids, je m'arrêtais avec égard dès qu'il paraissait vouloir écouter ou répondre. J'espérais que cette attention rappellerait le respect d'Adèle; mais l'étourdie ne s'en aperçut même pas. — Elle répétait sans cesse: *dépêchons-nous donc; venez donc; allons-nous-en vite*: enfin son mari la suivit et nous montâmes en voiture. Ah! un vieillard qui épouse une jeune personne, doit se résigner à finir sa vie avec un enfant ou avec un maître; trop heureux encore quand elle n'est pas l'un et l'autre! Cependant Adèle fut plus aimable pendant le chemin. Il est vrai qu'elle ne cessa de parler des plaisirs dont elle allait jouir: mais au moins y joignait-elle un sentiment de reconnaissance, et elle lui disait *je serai heureuse*, comme on dit *je vous remercie*. Je commençais à lui pardonner, peut-être même à la trouver trop tendre, lorsque nous arrivâmes à Neuilly. Imaginez, Henri, le plus beau lieu du monde, qu'elle ne regarda même pas; une avenue magnifique, une maison qui partout serait un château superbe; rien de tout cela ne la frappa. Elle traversa les cours, les appartemens sans s'arrêter, et comme elle aurait fait un grand chemin. Ce qui était à eux deux ne lui paraissait plus suffisamment à elle. C'était à son île qu'elle allait; c'était là seulement qu'elle se croirait arrivée; mais comme il était trois heures, monsieur de Sénange voulut dîner avant d'entreprendre cette promenade. Adèle fut très-contrariée, et le montra beaucoup trop; car elle alla même jusqu'à dire que n'ayant pas faim, elle ne se mettrait pas à table, et qu'ainsi, elle pourrait se promener toute seule, et tout de suite. — Monsieur de Sénange prit un peu d'humeur. "Et vous, mylord, me dit-il, voudrez-vous bien me tenir compagnie? — Oui, assurément, lui répondis-je, et j'espère que madame de Sénange nous attendra, pour que nous soyons témoins de sa joie, à la vue d'une première propriété. — Ah! reprit son mari, j'en aurais joui plus qu'elle!" — Adèle sentit son tort, baissa les yeux, et alla se mettre à une fenêtre; elle y resta jusqu'au moment où l'on vint avertir qu'on avait servi. J'offris mon bras à monsieur de Sénange, car sa goutte l'oblige toujours à en prendre un. — Elle nous suivit en silence, et notre dîner sa passa assez tristement. Adèle ne me regarda, ni ne me parla. En sortant de table, monsieur de Sénange nous dit qu'il était fatigué, et voulait se reposer; il nous pria d'aller sans lui à cette fameuse île. "Adèle, ajouta-t-il avec bonté, nous avons eu un peu d'humeur; mais vous êtes un enfant, et je dois encore vous remercier de me le faire oublier quelquefois." — Elle avoua qu'elle avait été trop vive, lui en fit les plus touchantes excuses, et parut désirer de bonne foi d'attendre son réveil pour se promener. Il ne le voulut pas souffrir. Elle insista; mais il nous renvoya tous deux, et nous partîmes ensemble.

Nous marchâmes long-temps, l'un auprès de l'autre, sans nous parler. Elle gagna le bord de la rivière, et s'asseyant sur l'herbe, en face de son île, elle me dit: "J'ai été bien maussade aujourd'hui; et vous m'avez paru un peu austère. Au surplus, continua-t-elle en riant, je dois vous en remercier: il est bien satisfaisant de trouver de la sévérité, lorsqu'on n'attendait que de la politesse et de la complaisance." Cette plaisanterie me déconcerta, et je pensai qu'effectivement elle avait dû me trouver un censeur fort ridicule. Elle ajouta: "Je me punirai, car j'attendrai que monsieur de Sénange puisse venir avec nous pour jouir de ses bienfaits. Je suis trop heureuse d'avoir un sacrifice à lui faire." Cette dernière phrase fut dite de si bonne grâce, que je me reprochai plus encore ma pédanterie. "Si vous saviez, lui dis-je, combien vous me paraissez près de la perfection, vous excuseriez ma surprise, lorsque je vous ai vu un mouvement d'impatience que, dans une autre, je n'eusse pas même remarqué. — N'en parlons plus," me répondit-elle en se levant; elle regarda l'autre côte du rivage, comme elle aurait fait un objet chéri, et le salua de la tête, en disant: "A demain, aujourd'hui j'ai besoin d'une privation pour me raccommoder avec moi-même." — Elle s'en revint gaiement: monsieur de Sénange venait de s'éveiller lorsque nous rentrâmes. Adèle fit charmante le reste de la journée, et lui montra une si grande envie de réparer son étourderie, que sûrement il l'aime encore mieux qu'il ne l'aimait la veille. — Quant à moi, Henri, je resterai ici, au moins jusqu'à ce que monsieur de Sénange m'ait appris les raisons qui le portent à me témoigner un si touchant intérêt, et à me traiter avec tant de bonté.

LETTRE XII.

Neuilly, ce 18 juillet.

Enfin, *elle* a pris possession de son île. Hier matin nous nous réunîmes, à neuf heures, pour déjeuner. Monsieur de Sénange avait l'air plus satisfait qu'il ne me l'avait encore paru. La joie brillait dans les yeux d'Adèle; mais elle tâchait de ne montrer aucun empressement; seulement elle ne mangea presque point. Pour moi, je pris une tasse de thé; et comme il faut, je crois, que je sois toujours inconséquent, du moment qu'Adèle montra une déférence respectueuse pour son mari, je commençai à le trouver d'une lenteur insupportable. Sa main soulevait sa tasse avec tant de peine; il regardait si attentivement chaque bouchée, la retournait de tant de manières avant de la manger, faisait de si longues pauses entre un morceau et l'autre, que j'éprouvais encore plus d'impatience qu'elle n'en avait eu la veille. Si elle avait pu lire dans mon coeur, elle aurait été bien vengée de ma sévérité. Après une mortelle heure, son déjeuner finit. Il s'assit dans un grand fauteuil roulant, et ses gens le traînèrent jusqu'au bord de la rivière. Pour Adèle, elle y alla toujours sautant, courant, car sa jeunesse et sa joie ne lui permettaient pas de marcher. — Arrivés auprès du bateau, nous eûmes bien de la peine à y faire entrer monsieur de Sénange; et c'est là que la vivacité d'Adèle disparut tout-à-coup. Avec quelle attention elle le regarda monter! Que de prévoyance pour éloigner tout ce qui pouvait le blesser! Quelles craintes que le bateau ne fût pas assez bien attaché! Et moi, qui suis tous ses mouvemens, qui voudrais deviner toutes ses pensées, quel plaisir je ressentis lorsque approchés de l'autre bord, le pied dans son île, je lui vis la même occupation, les mêmes soins, les mêmes inquiétudes, jusqu'à ce que monsieur de Sénange fût replacé dans son fauteuil, et pût recommencer sa promenade. Alors elle nous quitta, et se mit à courir, sans que ni la voix de son mari, ni la mienne, pussent la faire revenir. Je la voyais à travers les arbres, tantôt se rapprochant du rivage, tantôt rentrant dans les jardins; mais en quelque lieu qu'elle s'arrêtât, c'était toujours pour en chercher un plus éloigné. Quoique j'eusse bien envie de la suivre, je ne quittai point monsieur de Sénange. Il fit avancer son fauteuil sous de très-beaux peupliers qui bordent la rivière, et renvoyant ses gens, il me dit qu'il était temps que je susse les raisons qui lui donnaient de l'intérêt pour moi. — "Mon jeune ami, il faut que vous me pardonniez de vous parler de mon enfance, me dit-il; mais elle a tant influé sur le reste de ma vie, que je ne puis m'empêcher de vous en dire quelques mots. Ne vous effrayez pas, si je commence mon histoire de si loin; je tâcherai de vous ennuyer le moins possible.

"Mon père n'estimait que la noblesse et l'argent; et peut-être ne me pardonnait-il d'être l'héritier de sa fortune, que parce que j'étais en même temps le représentant de ses titres. J'avais perdu ma mère en naissant; et toute ma première enfance se passa avec des gouvernantes, sans jamais voir mon père. A sept ans il me mit au collège, dont je ne sortais que la veille de sa fête et le premier jour de l'an, pour lui offrir mon respect. Les parens ne savent pas ce qu'ils perdent de droits sur leurs enfans, en ne les élevant pas eux-mêmes. L'habitude de leur devoir tous ses plaisirs, d'obéir aveuglément à toutes leurs volontés, laisse un sentiment de déférence qui ne s'efface jamais, et que j'étais bien éloigné d'éprouver. Je ne voyais dans mon père, qu'un homme que le hasard avait rendu maître de ma destinée, et dont aucune des actions ne pouvait me répondre que ce fût pour mon bonheur. Le jour même que je sortis du collège, il me fit entrer au service, en me recommandant d'être sage, avec une sécheresse qui approchait de la dureté; et sans y joindre le moindre encouragement, sans me promettre la plus légère marque de tendresse, si je réussissais à lui plaire. Aussi, à peine fus-je à mon régiment, que j'y fis des dettes, des sottises, et que je me battis. Mon père me rappela près de lui; il me reçut avec une humeur, une colère épouvantable. Loin de me corriger, il m'apprit seulement qu'il avait aussi des défauts. Je me mis à les examiner avec soin; et chaque jour, au lieu de l'écouter, je le jugeais avec une sévérité impardonnable. Il voulut me marier, et, disait-il, m'apprendre l'économie: j'étais né le plus prodigue et le plus indépendant des hommes. Mon père, qui ne s'était jamais occupé de mon éducation, fut tout étonné de me trouver des goûts différens des siens, et une résistance à ses ordres que rien ne put vaincre. Il se fâcha; je persistai dans mes refus: ils le rendirent furieux; je me révoltai; et moi, que plus de bonté aurait rendu son esclave, rien ne pouvait plus ni me toucher ni me contenir. J'étais devenu inquiet, ombrageux. Revenait-il à la douceur? je craignais que ce ne fût un moyen de me dominer. Sa sévérité me blessait plus encore. Toujours en garde contre lui, contre moi, je le rendais fort malheureux, et je passais pour un très-mauvais sujet. Je le serais devenu, si un de ses amis ne lui eût conseillé d'éloigner ce monstre qui faisait le tourment de sa vie. On me proposa de sa part, de voyager: j'acceptai avec joie, et je choisis l'Angleterre, parce que le mer qu'il fallait traverser, semblait nous séparer davantage. La veille de mon départ, je demandai la permission de lui dire adieu; il refusa de me voir, et je m'en allai charmé de ce dernier procédé, car mes torts me faisaient désirer d'avoir le droit de me plaindre.

"J'arrivai à Calais, irrité contre mon père et toute ma famille. On me dit qu'un paquebot, loué par mylord B... votre grand-père, allait partir dans l'instant. Je lui fis demander la permission de passer avec lui; il y consentit. En entrant sur le pont, je vis une femme de vingt-cinq ans, assise sur des matelas dont on lui avait fait une espèce de lit. Elle nourrissait un enfant de sept à huit mois, qu'elle caressait avec tant de plaisir, que je m'attendris sur moi-même, et sur le malheureux sort qui m'avait empêché de recevoir jamais d'aussi tendres soins. Quatre autres enfans l'entouraient: son mari la regardait avec affection; ses gens s'empressaient de la servir; mais aucun ne parla français.

Je tenais, dans ma main, une montre à laquelle était attachée une fort belle chaîne d'or avec beaucoup de cachets; elle frappa un de ces enfans qu'on promenait encore à la lisière: il se traîna vers moi; et me tendant ses petites mains, il semblait vouloir attraper ce qui lui paraissait si brillant. Je descendis la chaîne à sa portée, et la faisant sauter devant lui, je l'élevais dès qu'il était près de la saisir. Sa mère nous regardait avec un sourire inquiet; je voyais bien qu'elle craignait que je ne prolongeasse ce jeu jusqu'à la contrariété. Touché d'une si tendre sollicitude, je pris cet enfant dans mes bras, je lui donnai ma montre pour jouer; et croyant que, puisqu'on n'avait pas parlé français, on ne devait pas l'entendre, je lui dis tout haut, en l'embrassant: *Ah! que tu es heureux d'avoir encore une mère!* La sienne me regarda, et je vis qu'elle m'avait compris. Son père, qui jusque-là ne m'avait pas remarqué, se rapprocha de moi; ne me parla point du sentiment de tristesse qui m'était échappé, mais me fit de ces questions qui ne signifient que le désir de commencer à se connaître. — Je lui répondis avec politesse et réserve. Pendant ce peu de mots, l'enfant que je tenais encore, jeta ma montre par terre de toute sa force, et se pencha aussitôt, pour la reprendre. Elle n'était pas cassée; je la lui rendis avant que sa mère eût eu le temps de me faire aucune excuse. Je vis que cette complaisance m'avait attiré toute son affection; et sûrement, nous étions amis avant de nous être parlé. Elle me pria de lui rapporter son enfant. — Hélas! cette petite enfant s'est mariée depuis à votre père, et est morte en vous donnant le jour; je ne pensais pas alors que je lui survivrais si long-temps. — J'entendis, au son de voix de lady B… qu'elle la grondait en anglais, en lui ôtant ma montre. La petite fille se mit à pleurer; mais, sans lui céder, sa mère essaya de la distraire; elle lui montra d'autres objets qui fixèrent son attention, et l'enfant riait déjà, que ses yeux étaient encore pleins de larmes. — Lady B… me pria de lui cacher ma montre; car, me dit-elle, il est encore plus dangereux de leur donner des peines inutiles, que de les gâter par trop d'indulgence.

"Je le remis à causer avec le mari. Cependant le vent devint si fort, que nous fûmes obligés de descendre dans la chambre: il augmenta toujours, et bientôt nous fûmes en danger…. Mais je finirai le reste une autre fois, car voici madame de Sénange: elle va jeudi passer la journée à son couvent; si cela ne vous ennuyait pas trop, nous dînerions ensemble." — Je n'eus que le temps de l'assurer que je serais très-aise de rester avec lui.

Adèle nous rejoignit extrêmement fatiguée de sa promenade; elle était enchantée de ce qu'elle avait vu, et cependant ne parlait que de tout changer. Monsieur de Sénange avait du monde à dîner; nous rentrâmes bien vite pour nous habiller.

Je restai fort occupé de tout ce qu'il venait de me raconter. Je me demandais comment tous les pères voulant conduire leurs enfans, il y en a si peu qui imaginent d'être pour eux ce qu'on est pour ses amis, pour toutes les liaisons auxquelles on attache du prix? L'enfance compare de si bonne heure, qu'il est nécessaire d'être aimable pour elle. Il faut lui paraître le meilleur des pères, pour pouvoir se faire craindre, sans risquer un moment d'être moins aimé. Alors on n'a pas besoin de présenter toujours la reconnaissance comme un devoir; elle devient un sentiment, et les obligations en sont mieux remplies. Adieu, mon cher Henri; je vous écrirai aussitôt que monsieur de Sénange aura fini de m'apprendre ce qui le concerne.

LETTRE XIII.

Neuilly, ce 21 juillet.

Adèle est partie ce matin, de fort bonne heure, pour son couvent; je suis resté seul avec monsieur de Sénange. Je sentais une sorte de plaisir à la remplacer dans les soins qu'elle lui rend. Aussitôt après dîner, je l'ai conduit sur une terrasse qui est au bord de la Seine; ses gens nous ont apporté des fauteuils, et il a continué son histoire.

"Je ne vous ferai point, m'a-t-il dit, le détail des dangers que nous courûmes. J'en fus peu effrayé; non qu'un excès de courage m'aveuglât sur notre situation, ou m'y rendît insensible: mais j'étais si occupé de la terreur dont cette jeune femme était saisie! Elle regardait ses enfans avec tant d'amour! elle les prenait dans ses bras, et les pressait contre son coeur, comme si elle eût pu les sauver ou les défendre. Je ne tremblais que pour elle, et je suis sûr qu'un grand intérêt, non-seulement empêche la crainte, mais distrait de la douleur même; car après que le premier danger fut passé, je m'aperçus que je m'étais fait une forte contusion à la tête, sans que j'aie pu alors me rappeler ni où ni comment.

"Quand nous fûmes un peu plus tranquilles, mylord B... vint à moi, et me jura une amitié que rien, disait-il, de pouvait plus détruire. Effectivement, dans ces momens de trouble, on se montre tel que l'on est; et peut-être me savait-il gré de n'avoir pas un instant pensé à moi-même. Pour lui, toujours froid, toujours raisonnable, il s'occupait de sa femme avec le regret de la voir souffrir, mais sans rien prévoir de ce qui pouvait la soulager, ou tromper son inquiétude. Nous arrivâmes à Douvres le lendemain au soir. Lady B... avait à peine la force de marcher: on la porta jusqu'à l'auberge, où elle se coucha; et je ne la revis plus du reste de la journée. Son mari vint me retrouver; nous soupâmes ensemble. Pendant le repas, m'ayant entendu dire qu'aucune affaire ne m'appelait directement à Londres, et que la curiosité ne m'y attirait même pas, il me proposa d'aller passer quelques semaines dans leur terre qui n'était qu'à une petite distance de cette ville. J'y consentis avec un sentiment de répugnance que je ne pouvais m'expliquer, et qui me tourmentait malgré moi; je crois que le coeur pressent toujours les peines qu'il doit éprouver. Cependant aucune bonne raison ne se présentant pour justifier mon refus, j'acceptai, par cette sorte d'embarras, qui est une suite naturelle de la manière dont on m'avait élevé. Il fut décidé que nous partirions le lendemain de bonne heure. Je me retirai dans ma chambre, contrarié; je fus long-temps sans pouvoir m'endormir: je m'éveillai de mauvaise humeur; j'étais fâché de les suivre, je l'aurais été encore plus de rester. Lady B... m'attendait; elle me fit les plus touchans remercîmens pour les soins que je lui avais rendus; et me présentant ses enfans, elle leur dit de m'aimer, parce que je serais toujours l'ami de leur père et le sien. Je les embrassai tous, et après le déjeuner nous partîmes. Je montai dans sa voiture; les enfans allèrent dans la mienne. Je ne vous ferai point la description de la terre de lord B...; vous devez la connaître aussi bien que moi, mais pas mieux, ajouta-t-il, car c'est le temps de ma vie, peut-être le seul, dont j'aie parfaitement conservé le souvenir. Depuis le premier moment où j'aperçus lady B... jusqu'au jour où je m'éloignai d'elle, il n'est pas un instant dont je ne me souvienne. Il semble que ce soit un temps séparé du reste de ma vie; avant, après, j'ai beaucoup oublié; mais tout ce qui la regarde m'est présent et cher. Ce que je ne saurais vous rendre, c'est l'espèce de charme qui régnait autour d'elle, et qui faisait que tout ce qui l'approchait paraissait heureux: une réunion de qualités telles que j'ai mille fois entendu faire son éloge, et presque toujours d'une manière différente; mais tous la louaient, car il semblait qu'elle eût particulièrement ce qui plaisait à chacun.

"Cependant j'étais dans une si triste disposition d'esprit, que les premiers jours je fus peu frappé de tout le mérite de lady B.... Insensiblement je me sentis attiré près d'elle; et je l'aimais déjà beaucoup, sans avoir pensé à l'admirer. Les premiers jours que je fus chez elle je me promenais seul; et lorsque le hasard me faisait trouver avec du monde, je restais dans le silence, sans chercher à plaire, ni souhaiter d'être remarqué. Le mari, les entours de Lady.... devaient dire de moi, que j'étais ennuyeux et sauvage; elle seule devina que j'avais des chagrins et une timidité excessive. Elle essaya de me rapprocher d'elle, et de me faire parler, en me questionnant sur des objets qu'elle connaissait sûrement; aussi ne lui répondis-je que des demi-mots, qui ne faisaient que m'embarrasser davantage. Sa bonté lui fit sentir qu'il fallait d'abord m'accoutumer à elle, avant d'obtenir ma confiance. Elle me proposa de l'accompagner dans ses promenades: dès le lendemain je commençai à la suivre. Elle me fit faire le tour de son parc; et passant devant un temple qu'elle avait fait bâtir, elle en prit occasion de me parler de la complaisance de son mari pour ses goûts, et de sa reconnaissance. De ce jour, sans me rien dire que ce qu'elle aurait permis que tout le monde sût, elle me traita avec un air de confiance et d'estime qui m'entraînait et me flattait. C'est toujours en me parlant d'elle-même que, peu à peu, elle m'amena à oser lui confier mes peines. Alors elle me donna toute son attention: elle m'écoutait avec intérêt, me questionnait sans curiosité, et finit par m'inspirer le besoin d'être toujours avec elle, et de lui tout dire. Je trouvai en elle les avis et les consolations d'une amie éclairée; une politesse dans le langage, qui aurait rappelé le respect du plus audacieux, et une bienveillance dans les manières qui attirait toutes les affections. Je lui parlai de mon père avec amertume; elle me plaignit d'abord: mais bientôt, reprenant sur moi l'ascendant qu'elle devait avoir; sans se donner la peine d'examiner si mon père avait usé de trop de rigueur, peu à peu elle me conduisit à penser que les torts des autres deviennent un titre à l'estime, lorsqu'ils n'influent point sur notre conduite, mais ne sont jamais une excuse lorsqu'ils nous irritent au point de nous rendre répréhensibles.

Enfin elle sut prendre tant d'empire sur mon esprit, que je n'avais plus une seule idée qu'elle ne devinât. Elle lisait sur ma figure, rectifiait toutes mes opinions, et fit de moi, l'homme bon et honnête qui n'a jamais pensé à elle sans devenir meilleur; et qui, depuis qu'il l'a connue, peut se dire qu'il n'existe pas une seule personne à qui il ait fait un moment de peine.

"Je commençais à me trouver parfaitement heureux; j'adorais lady B.... comme les sauvages adorent le soleil; je la cherchais sans cesse. Mon père ne m'avait point appris à cacher mes sentimens sous ces formes qui donnent, aux hommes et aux choses, un poli qui les rend tous semblables: je ne vivais que pour elle, je n'aimais qu'elle, et il n'était que trop facile de s'en apercevoir. Mylord B... ne paraissait plus chez sa femme qu'aux heures des repas; il parlait fort peu, et moins à moi qu'à personne. Je le remarquai sans m'en embarrasser; mais je la voyais souvent pensive, et cela m'inquiétait vivement.

"Un jour, après dîner, au lieu de rester dans le salon avec ses enfans, elle suivit son mari et ne reparut plus du reste de la journée. Le soir, à l'heure du souper, ils vinrent tous deux se mettre à table. Je la trouvai fort pâle, et je vis qu'elle avait beaucoup pleuré: j'en fus si bouleversé, que je ne cessai de la regarder, sans m'apercevoir combien cette attention était inconvenante. Je ne pensai plus au souper, j'oubliai de déployer ma serviette: elle ne mangea pas non plus. Lord B... ne soupait jamais; et au bout de dix minutes, je l'entendis qui poussait sa chaise avec humeur, en disant, que puisque personne n'avait appétit, il était inutile de rester à table plus long-temps. — Lady B... toujours douce, toujours occupée des autres, vint me dire qu'une forte migraine la forçait à se retirer de bonne heure; mais qu'elle me priait de la suivre le lendemain à sa promenade du matin. Je la regardai sans lui répondre, car je ne pensais qu'à deviner ce qui pouvait l'avoir affligée. Elle me quitta, et ils s'en allèrent ensemble. Je regagnai ma chambre, où, pour la première fois, je connus à quel point je l'aimais. Je passai toute la nuit sans me coucher. J'avais beau chercher, me creuser la tête, je ne concevais rien à sa douleur: et me perdant en conjectures, je ne sentais, bien clairement, que le chagrin de lui savoir des peines, et le désir de donner ma vie pour la voir heureuse.

"Dès que le jour parut, j'allai me promener, jusqu'à l'heure où elle descendait ordinairement: alors, ne la trouvant point dans le salon, je montai la chercher chez ses enfans. Leur chambre était ouverte; je m'arrêtai en voyant lady B... assise, le dos tourné à la porte, ayant ses quatre enfans à genoux devant elle; le cinquième, qu'elle nourrissait encore, était sur ses genoux. Ces enfans faisaient leur prière du matin: lorsqu'ils eurent prié pour la santé de leur père et de leur mère, elle leur dit: *Demandez aussi à Dieu que monsieur de Sénange, qui a eu tant de soin de vous pendant la tempête, n'éprouve aucun accident pour son retour.* — Elle prit les deux petites mains de ce dernier enfant, les joignit dans les siennes, en levant les yeux au ciel, et sembla s'unir à leur prière. Je n'avais pas encore pensé à mon départ; jugez de ce que devins, lorsque je l'entendis parler de voyage. Elle me trouva encore appuyé sur la porte; je ne pouvais revenir de mon saisissement; elle devina que je l'avais entendue, et m'emmena dans les jardins. Je la suivis sans lui parler; elle garda aussi quelque temps le même silence: puis, le rompit tout-à-coup, et me pria de l'écouter avec attention et sans l'interrompre." *Lorsque je vous rencontrai*, me dit-elle, *je fus sensible à l'intérêt que je vous vis témoigner à mes enfans; et dès-lors vous m'en inspirâtes un réel. Le danger que nous courûmes ensemble, et votre sensibilité l'augmentèrent encore, mais la mélancolie qui vous dominait, lorsque vous vîntes ici, me toucha davantage. La première peine, le premier revers influe si essentiellement sur le reste de la vie! Je craignais que livré à vous-même, seul, dans une terre étrangère, vous ne pussiez résister à cette grande épreuve; et je vous voyais près de vous laisser abattre par le malheur, au lieu de chercher à le surmonter. Je ne connaissais pas la cause de vos chagrins; j'essayai de pénétrer dans votre coeur, et vous me devîntes vraiment cher. Vous savez si je ne vous ai pas toujours donné les conseils que je voudrais que mes fils reçussent de vous. Quel plaisir je ressentais lorsque j'avais adouci votre caractère, rendu vos idées plus justes, vos dispositions plus heureuses! Mais ce bonheur si innocent a été mal interprété; on m'accuse d'avoir pour vous des sentimens trop tendres...* "Ah! que je serais heureux, m'écriai-je! *Ne m'interrompez pas*, me dit-elle, sévèrement; et reprenant bientôt sa bonté, sa bienveillance ordinaire, elle ajouta: *Mon mari en a pris de l'ombrage, sans que je m'en sois doutée: hier il m'a avoué le tourment qu'il éprouve, et je lui ai promis que vous partiriez aujourd'hui....* "Non, par pitié, non, lui dis-je, en prenant ses mains dans les miennes; que deviendrais-je! je suis tout seul au monde!" — *Si même je m'oubliais jusqu'à permettre que vous restassiez près de moi, vous ne pouvez y demeurer toujours: rendons notre séparation utile à tous deux; car vous ne voudriez pas faire le malheur de ma vie en troublant le repos de lord B.... Allons, mon jeune ami, du courage, vos chevaux vous attendent....* "Comment, mes chevaux! et qui les a demandés?..." — *Moi; ma tendre amitié a voulu vous éviter les préparatifs d'une séparation trop affligeante pour nous.......*" et détournant ses yeux pleins de larmes, elle se leva. J'étais si frappé, je m'attendais si peu à ce prompt éloignement, qu'il ne me vint aucune objection; d'ailleurs, je ne savais que lui obéir.

"Elle regagna le château le plus vite qu'il lui était possible; et montant aussitôt avec moi dans la chambre de ses enfans, elle sembla devenir plus calme dans cet asile de paix et d'innocence. Cependant elle paraissait respirer avec peine; mais bientôt reprenant son empire sur elle-même, elle me dit: *Je ne sais quel pressentiment m'a toujours persuadé que je mourrais jeune. Assurez-moi que si mes fils se trouvaient jamais dans votre pays, comme je vous ai rencontré dans le mien, seuls, sans conseil, sans parens, dans la jeunesse ou le malheur, jurez-moi que, vous souvenant de leur mère, vous seriez leur ami et leur guide....* "Ah! je jure qu'ils seront toujours ce que j'aurai de plus cher. — Je les embrassai tous en leur donnant les noms les plus tendres, et promettant solennellement de ne jamais les oublier. — *Ce n'est pas tout encore*, ajouta-t-elle; *s'il est vrai que j'aie adouci vos chagrins, que vous partagiez l'amitié que vous l'avez inspirée; récompensez mes soins, en allant, tout de suite, retrouver votre père; promettez-moi de le rendre heureux, et de vous y dévouer tout entier!... C'est encore m'occuper de vous,* continua-t-elle en soupirant, *et vous prouver que je crois à vos regrets; car il n'est de consolation, pour les coeurs vraiment affligés, que de s'occuper du bonheur des autres......* "Je tombai à ses pieds, je baisai ses mains avec respect, avec amour; je pris tous les engagemens qu'elle me dicta, et je courus à ma voiture, sans regarder derrière moi, ni penser à faire mes adieux à lord B...

"Je me hâtai de retourner à Paris; j'arrivai chez mon père, justement trois mois après l'avoir quitté. Il ne m'attendait pas. Je me présentai devant lui, sans permettre qu'on m'annonçât, et sans lui donner le temps de me témoigner son étonnement ou sa colère. — *Mon père,* lui dis-je, *j'ai été bien coupable envers vous; mais je reviens pour vous consacrer ma vie. S'il est possible, oubliez le passé: daignez m'éprouver; je défie votre rigueur de surpasser mon respect et ma soumission.*

"Mon père, encore plus étonné de ce langage que de mon arrivée, me demanda à qui il devait un changement si inattendu. Je lui racontai tout ce que je viens de vous dire; il s'attendrit avec moi, et, pour la première fois, m'appela son cher fils. — Je cherchai à lui plaire: souvent je trouvais qu'il me jugeait avec d'anciennes et d'injustes préventions; car les torts de la jeunesse laissent des impressions qu'on retrouve long-temps après être corrigé. Mais j'étais déterminé à le rendre heureux, et je parvins à m'en faire aimer. Je m'apercevais du succès de mes soins, à la tendre reconnaissance qu'il avait prise pour lady B... Je lui écrivis plusieurs fois; elle me répondait toujours avec la même amitié, la même raison, mais elle se plaignait souvent de sa santé. Ses lettres devinrent plus rares: enfin je reçus de Londres un paquet d'une écriture que je ne connaissais pas, et cacheté de noir. Ces marques de deuil me firent frémir; je n'osais ni l'ouvrir, ni m'en éloigner. Il fallut bien cependant connaître mon malheur; et j'appris que lady B... sentant sa fin approcher, avait chargé une femme de confiance d'une boîte qu'elle m'envoyait. J'y trouvai un petite tableau, sur lequel elle était peinte avec ses enfans: il était accompagné d'une dernière lettre d'elle, plus touchante que toutes les autres, où, me rappelant mes promesses, elle me bénissait avec sa famille. Je fus long-temps très-affligé; et jamais je n'ai été consolé. Mon père me proposa différens mariages; toutes les femmes me paraissaient si différentes de lady B... que cette proposition me rendait malheureux. Il cessa de m'en parler, et vécut encore quelques années. J'eus la consolation de l'entendre me remercier en mourant, et mêler le nom de lady B... aux bénédictions qu'il me donnait. Je le regrettai du fond de mon ame. Sa mort me rappela vivement les torts de ma jeunesse, et tout ce que je devais à cette femme excellente. Je vous remettrai ces lettres et les portraits de votre famille. J'avais quitté votre grand-père avec si peu d'égards, que je n'osai jamais me rappeler à son souvenir; mais je ne perdis point de vue ses enfans. J'appris avec intérêt leur mariage, celui de votre mère; et je vous assure que vous rendrez mes derniers jours heureux, si votre affection me permet de remplir mes engagemens, et si vous comptez sur moi comme sur un second père."

— Je l'assurai de tout mon attachement. — Adieu. J'ai la main fatiguée d'avoir écrit si long-temps: en vérité, je commence à croire au bonheur, puisque le hasard m'a fait rencontrer ce digne homme.

LETTRE XIV.

Neuilly, ce 25 juillet.

Montesquieu dit que, "comme notre esprit est une suite d'idées, notre coeur est une suite de désirs." Je l'éprouve, Henri; car, depuis que je sais les liaisons que monsieur de Sénange a eues avec ma famille, ma curiosité n'est pas satisfaite; et à présent, je voudrais apprendre ce qui a pu déterminer un homme si raisonnable à se marier, à son âge, avec un enfant de seize ans! car Adèle n'est qu'une enfant dont les inconséquences m'impatientent souvent, moi qui, plus rapproché d'elle, n'ai pas encore atteint ma vingt-troisième année.

Elle est revenue de son couvent, les yeux rouges, a été silencieuse et triste le reste de la soirée: le lendemain elle a paru, au déjeuner, gaie, fraîche, brillante de santé et de bonne humeur. Ce changement m'a tout dérangé: j'avais passé la nuit à rêver aux chagrins qu'elle pouvait avoir; et je suis sûr que, non-seulement elle a dormi tranquille, mais qu'oubliant sa peine, elle aurait été fort étonnée que j'y pensasse encore. Cependant, Henri, elle est fort aimable, oui, très-aimable: ses défauts même vous plairaient, à vous qui ne cherchez dans la vie que des scènes nouvelles.

Adèle est douce, si l'on peut appeler douceur un esprit flexible qui ne dispute ni ne cède jamais. Son humeur est égale, habituellement gaie; ses affections sont si vives, son caractère est si mobile, que je l'ai vue plusieurs fois s'attendrir sur les malheurs des autres, jusqu'au point de ne garder aucune mesure dans sa générosité ou dans ses promesses; mais, oubliant bientôt qu'il est des infortunés, mettre le même excès à satisfaire des fantaisies; et, passant ainsi de la sensibilité à la joie, vous surprendre et vous entraîner toujours. Elle est d'un naturel et d'une sincérité qui enchantent. Ne connaissant ni la vanité ni le mystère, elle fait simplement le bien, franchement le mal, et ne s'étonne ni d'avoir raison ni d'avoir tort. Si elle vous a blessé, elle s'en afflige, tant que vous en paraissez fâché; mais elle l'oublie aussitôt que vous êtes adouci, et il est presque certain que, l'instant d'après, elle vous offensera de même, s'en désolera de nouveau, et se fera pardonner encore. Aucun intérêt ne la porterait à dire une chose qu'elle ne pense pas, ni à supporter un moment d'ennui sans le témoigner. Aussi, lorsqu'elle a l'air bien aise de vous voir, est-il impossible de ne pas croire qu'elle vous reçoit avec plaisir; et si jamais elle paraissait aimer, il serait bien difficile de lui résister. Ajoutez à cela, Henri, une figure charmante, dont elle ne s'occupe presque pas; une grâce enchanteresse qui accompagne tous ses mouvemens; un besoin de plaire et d'être aimable dont je n'ai jamais vu d'exemple, et qui ferait le tourment de celui qui serait assez fou pour en être amoureux, mais qui doit lui donner autant d'amis qu'elle a de connaissances; car elle st aussi coquette par instinct, que toutes les femmes ensemble le seraient par calcul. Adèle est aimable, toujours, avec tout le monde, involontairement. Donne-t-elle à un pauvre? Ce n'est point de la simple compassion; son visage lui peint le plaisir de l'avoir soulagé: le refuse-t-elle? ce n'est jamais sans lui exprimer le regret ou l'impossibilité actuelle de le secourir. Attentive dans la société, se rappelant quelquefois vos goûts, une phrase, un mot qui vous est échappé, vous êtes étonné de lui trouver des soins, des souvenirs, lorsqu'elle n'avait pas paru vous entendre. D'autres fois, manquant sans scrupule aux choses que vous désirez le plus, à celles même qu'elle vous avait promises, elle se laisse entraîner par le premier objet qui se présente. Enfin, réunissant tous les contrastes, ce n'est qu'en tremblant que vous admirez ses talens, ses grâces, ses heureuses dispositions; un sentiment secret vous avertit qu'elle vous échappera bientôt. Aussi, prêterai-je un beau champ à vos plaisanteries, lorsque, entre un septuagénaire et une femme charmante, le vieillard obtiendra toutes mes préférences et ma plus tendre amitié. Je vous laisse sur cette pensée, mon cher Henri; car je suis sûr qu'elle vous paraîtra si ridicule, qu'il vous serait impossible de m'accorder un instant d'intérêt après un pareil aveu.

LETTRE XV.

Neuilly, ce 4 août.

Je suis toujours à Neuilly, mon cher Henri; je comptais n'y passer que peu de jours, et les semaines se succèdent, sans que monsieur de Sénange me permette de penser encore à mon départ. Adèle me témoigne aussi beaucoup d'amitié; cependant je voudrais vous revoir. Je ne sais s'il tient à mon caractère inquiet de ne jamais se trouver bien nulle part, mais je désire de m'éloigner.

La vie qu'on mène ici est douce, agréable, et me plairait assez si je pouvais m'y livrer sans inquiétude. On se réunit, à dix heures du matin, chez monsieur de Sénange. Après le déjeuner on fait une promenade, que chacun quitte ou prolonge suivant ses affaires ou sa fantaisie; on dîne à trois heures: deux fois par semaine il y a beaucoup de monde; les autres jours nous sommes absolument seuls, et ce sont les momens qu'Adèle semble préférer. Après le dîner, monsieur de Sénange dort environ une demi-heure: ensuite la promenade recommence ; ou s'il y a quelque bon spectacle à Paris, Neuilly en est si près, qu'Adèle nous y entraîne souvent. La journée se passe ainsi, sans projets, sans prévoyance, et surtout sans ennui.

Adèle a commencé ses travaux dans l'île; je les dirige, et cette occupation suffit à mon esprit. Monsieur de Sénange suit avec nous le travail des ouvriers: il est toujours le juge et l'arbitre de nos différens. Il a l'air heureux: mais c'est lorsqu'il paraît l'être davantage, qu'il lui échappe des mots d'une tristesse profonde.

Hier nous avons été à la pointe de l'île; elle est terminée par une centaine de peupliers, très-rapprochés les uns des autres, et si élevés, qu'ils semblent toucher au ciel. Le jour y pénètre à peine; le gazon est d'un vert sombre; la rivière ne s'aperçoit qu'à travers les arbres. Dans cet endroit sauvage on se croit au bout du monde, et il inspire, malgré soi, une tristesse dont monsieur de Sénange ne ressenti que trop l'effet, car il dit à Adèle: *Vous devriez ériger ici un tombeau; bientôt il vous ferait souvenir de moi.* La pauvre petite fut effrayée de ces paroles comme si elle n'eût jamais pensé à la mort. Elle rougit, pâlit, et nous quitta aussitôt. Il m'envoya la chercher: je la trouvai qui pleurait, et j'eus bien de la peine à la ramener; car elle craignait que la vue de ses larmes n'augmentât encore l'espèce de pressentiment qui avait frappé monsieur de Sénange. Elle revint cependant; et sans chercher à le rassurer, sa délicatesse s'empressa de l'occuper, pour ne pas laisser à de pareilles réflexions le temps de renaître. A peine fûmes-nous dans le salon, qu'elle se mit au piano, répéta les airs qu'il préfère, chanta les chansons qu'il aime, voulut qu'il jouât aux échecs avec moi. Il céda à tous ses désirs, écouta la musique, joua aux échecs, mais fut pensif le reste de la soirée; et, pour la première fois, il se retira immédiatement après le souper.

Je restai seul avec Adèle; ses pleurs recommencèrent à couler. "Si vous saviez, me disait-elle, combien il est bon; tout ce que je lui dois! et quel tourment j'éprouve quand je considère son grand âge! Il est heureux: je donnerais de ma vie pour le conserver; et dans quelque temps nous aurons peut-être à le pleurer…." Que je lui sus gré de m'unir ainsi aux sentimens les plus chers, les plus purs de son coeur! La pauvre petite était toute saisie: je voulus qu'elle descendît dans les jardins, espérant qu'une légère promenade et la fraîcheur de la nuit dissiperaient ces noires idées. Je lui donnai le bras; je la sentais soupirer. Elle marchait doucement, appuyée sur moi: pour la première fois, elle avait besoin d'un soutien. Combien sa peine me touchait! Cependant, ne pouvant point arrêter ses larmes, j'essayai de traiter sa tristesse de vapeurs, sans vouloir l'écouter ni lui répondre plus long-temps; et doublant le pas, je la traînai malgré elle, jusqu'à la faire courir. Ce moyen me réussit mieux que tous mes discours; car moitié riant, moitié se fâchant, je lui fis faire le tour de la terrasse. Dès qu'elle fut distraite, sa gaieté revint. Après j'appelai la raison à mon secours; et quoique la nuit fût superbe, que j'eusse bien envie de continuer cette promenade, de lui demander de qui avait pu occasionner un mariage qui me paraissait heureux, mais bien disproportionné; je me hâtai de la ramener, de crainte que ses gens ne trouvassent extraordinaire de nous voir rentrer plus tard. — Pour regagner mon appartement, il faut passer devant celui de monsieur de Sénange; je m'y arrêtai, en demandant au ciel que le sommeil de cet excellent homme fût calmé par quelques songes heureux, et lui rendît assez de force pour espérer un long avenir.

P.S. Ce matin monsieur de Sénange m'a fait dire qu'il avait passé une mauvaise nuit, et qu'il avait la goutte très-fort. Sans doute, hier il souffrait déjà: car je suis persuadé, Henri, que dans la vieillesse les inquiétudes de l'esprit ne sont jamais qu'une suite des maux du corps, comme, dans la jeunesse, les maladies sont presque toujours le résultat des peines de l'ame; et celui qui, vraiment compatissant, voudrait soulager ses semblables, risquerait peu de se tromper en disant au jeune homme qui souffre: *Contez-moi vos chagrins?…* Et au vieillard qui s'afflige: *Quel mal ressentez-vous?…*

LETTRE XVI.

Neuilly, ce 20 août.

Monsieur de Sénange a la goutte depuis quinze jours, mon cher Henri; et, pendant que je passais tout mon temps à le soigner, vous me grondiez avec une humeur dont je vous remercie. Votre curiosité sur Adèle me plaît encore; je vous l'ai fait aimer, me dites-vous, et en même temps vous me demandez si je l'aime moi-même? Oui, assurément je l'aime, mais comme un frère, un ami, un guide attentif. Ne la jugez pas sur le portrait que je vous en avais fait; elle est bien plus aimable, bien autrement aimable que je ne le croyais. Si vous saviez avec quelle attention elle soigne monsieur de Sénange! comme elle devine toujours ce qui peut le soulager ou lui plaire! Elle est redevenue cette sensible Adèle, qui m'avait inspiré un intérêt si tendre. Ce n'est plus madame de Sénange vive, étourdi, magnifique; c'est Adèle, jeune sans être enfant, naïve sans légèreté, généreuse sans ostentation: il ne lui a fallu qu'un moment d'inquiétude pour faire ressortir toutes ces qualités.

Depuis que monsieur de Sénange est malade, il ne reçoit personne; aussi, la préférence qu'il m'accorde m'ôte-t-elle le désir de m'absenter. Il supporte la douleur avec courage, ou plutôt avec résignation. Il ne se plaint pas; quelquefois seulement on aperçoit ses craintes, mais jamais il ne laisse voir ce qu'il souffre. — Ces derniers jours, il nous parlait de la vie comme d'une chose qui ne le regardait plus. Il est vrai que la goutte s'était montrée d'abord d'une manière effrayante; mais depuis hier elle s'est heureusement fixée au pied. — C'est depuis sa maladie, que j'ai véritablement commencé à connaître Adèle. Pourquoi le hasard ne me l'a-t-il pas fait rencontrer plus tôt?… Vous savez que l'amitié de la jeunesse n'a jamais de réticence: Adèle me laisse lire dans son coeur; ses pensées me sont toutes connues. Quelle simplicité! quelle innocence! Elle fait disparaître toutes les préventions que l'égoïsme des hommes et la perfidie des femmes m'avaient inspirées. Près d'elle, je cesse d'être sévère; je crois au bonheur, à la vérité, à la tendresse; je crois à toutes les vertus. Ce visage calme, où le chagrin n'a pas encore laissé de traces, où le repentir n'en gravera jamais, répand de la douceur sur tout ce qui l'environne. — Cependant, n'allez pas imaginer que je sois amoureux; si je croyais le devenir, je fuirais à l'instant. La bonté, la confiance de monsieur de Sénange ne seront point trahies. Je ne troublerai point les derniers jours d'un homme qui peut se dire: *Il n'y a personne à qui j'aie fait un moment de peine.* Je ne me permettrais pas même les plus insignifiantes attentions, si elle pouvaient lui donner de l'inquiétude. Je suis effrayé quand je vois, dans le monde, avec quelle légèreté on risque d'affliger un vieillard ou un malade: sait-on si l'on aura le temps de le consoler?… Ah! ce ne sera pas moi qui l'empêcherai de bénir quelques années que le ciel semble lui avoir accordées par prédilection.

— Ainsi, mon cher Henri, aimez Adèle; mais aussi, comme moi, chérissez-les, respectez-les tous deux.

LETTRE XVII.

Neuilly, ce 26 août.

Il n'y a pas un petit détail que ne me fasse aimer, chaque jour davantage, l'intérieur de monsieur de Sénange. Tous les premiers mouvemens d'Adèle, tous les sentimens plus réfléchis de ce vieillard, sont également bons. Hier, pendant le déjeûner, le garde-chasse apporta un héron à Adèle. Cet homme, en le présentant, nous dit que ces oiseaux étaient fort attachés les uns aux autres: "*Ce matin*, ajouta-t-il, *ils étaient deux; lorsque celui-ci est tombé, son compagnon a jeté plusieurs cris, et est revenu, jusqu'à trois fois, planer au-dessus de lui, en criant toujours.* — Vous ne l'avez pas tué? dit vivement Adèle. — *Non, Madame*, répondit-il, prenant son effroi pour un reproche; *il est toujours resté trop haut pour que je pusse l'atteindre.*" A ces derniers mots, elle fut si indignée, qu'elle le renvoya très-sèchement, en lui défendant d'en tuer jamais. — Monsieur de Sénange sourit; et, sans paraître avoir remarqué l'air mécontent d'Adèle, il parla de la voracité des hérons!.... "Ces oiseaux, dit-il, mangent les poissons.... les plus petits surtout.... Dès qu'il fait soleil, et qu'ils viennent, pour se réjouir, sur la surface de l'eau, le héron les guette.... les saisit.... les porte à son nid.... mais c'est pour nourrir sa famille.... et lui-même ne prend de nourriture que lorsque ses petits sont rassasiés...." Je voyais qu'il s'amusait à varier toutes les impressions d'Adèle; et je me plaisais aussi à la voir exprimer successivement ses regrets pour le héron, sa pitié pour les petits poissons, et de l'intérêt pour ce nid, qu'il fallait bien nourrir.... La pauvre enfant ne savait où reposer sa compassion.... Monsieur de Sénange l'appela près de lui; il lui expliqua, sans chercher à trop approfondir ce sujet, tous les maux que, dans l'ordre de la nature, le besoin rendait nécessaires; mais ne voulant point la fixer long-temps sur des idées qui l'attristaient, il dit qu'il se sentait mieux, et qu'une promenade lui ferait plaisir. Adèle demanda une calèche, et nous partîmes par le plus beau temps du monde. Le grand air ranimait monsieur de Sénange, et nous pûmes aller très-loin dans la campagne. Dans un chemin de traverse, bordé de fortes haies, nous trouvâmes une charrette qui portait la récolte à une ferme voisine: en passant, la haie accrochait les épis, et en gardait toujours quelques-uns; Adèle le remarqua, et s'étonnait qu'on eût négligé de l'élaguer. "On ne la coupera que trop tôt, reprit monsieur de Sénange; ce que cette haie dérobe au riche, elle le rendra aux pauvres: les haies sont les amies des malheureux." Effectivement, à notre retour nous trouvâmes dans ce même chemin des femmes, des enfans, qui recueillaient tous ces épis avec soin, pour les porter dans leur ménage. — Monsieur de Sénange les appela; sa bienfaisance les secourut tous; et je vis qu'après avoir osé faire entrevoir à Adèle qu'il y a des maux inévitables, il prenait plaisir à la faire arrêter sur des idées douces, que les moindres circonstances de la vie peuvent fournir à une ame sensible. —

La réflexion d'Adèle fut "qu'elle ne laisserait jamais couper de haies;" et monsieur de Sénange sourit encore, en voyant comme elle avait profité de la leçon du matin.

LETTRE XVIII.

Neuilly, ce 26 août.

Notre promenade n'a pas réussi à monsieur de Sénange: sa goutte est fort augmentée, il souffre beaucoup: mais au milieu de ses douleurs, il s'est plu à m'apprendre les raisons qui l'avaient déterminé à se marier.

Sa famille est alliée à celle de madame de Joyeuse, mère d'Adèle, chez laquelle il allait fort rarement. Son caractère le lui convenant pas, il ne la voyait qu'à un ou deux grands dîners de famille qu'il donnait tous les ans. Un jour qu'il lui faisait une visite d'égard, pour la prier de venir chez lui avec d'autres parens, il lui demanda des nouvelles de sa fille. Madame de Joyeuse, d'un air bien froid, bien indifférent, lui répondit, qu'étant peu riche, elle la destinait au cloître, et ne prit même pas la peine d'employer la petite fausseté ordinaire en pareille circonstance: *ma fille veut absolument se faire religieuse.* "J'ai à la remercier, me dit-il, des expressions qu'elle employa. Je leur dois, peut-être, mon bonheur; car je fus révolté de voir une mère disposer aussi durement de sa fille, et la livrer au malheur pour sa vie, uniquement parce qu'elle était peu riche. Cette jeune victime, sacrifiée ainsi par ses parens, ne me sortait pas de l'esprit. Après notre grand dîner, je proposai à madame de Joyeuse de la conduire au couvent où était Adèle. J'étais bien sûr qu'elle ne me refuserait pas; car c'est la première femme du monde pour tirer parti de tout: et la seule pensée que mes chevaux feraient cette course, au lieu ses siens, devait la déterminer bien plus que le plaisir de voir sa fille. Nous arrivâmes au parloir à sept heures. C'était le moment de la récréation: on nous dit que les pensionnaires étaient au jardin; cependant nous attendîmes peu. Adèle arriva bientôt, rouge, animée, tout essoufflée, tant elle avait couru. Sa mère, loin de lui savoir gré de cet empressement, ne le remarqua même pas, la reçut d'un air froid, et parla long-temps bas à la religieuse qui l'avait accompagnée. Pour moi, continua monsieur de Sénange, qui ai toujours aimé la jeunesse, je me plus à lui demander quels jeux l'amusaient avec ses compagnes, et de quelles occupations ils étaient suivis? — Elle me peignit le colin-maillard, les quatre coins, avec un plaisir qui me rappela mon enfance; mais passant à ses devoirs, aux heures du travail, elle m'en parla avec une égale satisfaction. Cet heureux caractère m'intéressa; je demandai à sa mère la permission de venir la revoir. Elle n'osa pas la refuser à mon âge, quoiqu'elle n'eût encore permis à sa fille de recevoir personne. La semaine suivante je retournai à ce couvent. Adèle me reçut avec plaisir: je l'interrogeai sur la vie qu'elle avait menée jusqu'alors; elle m'en parut fort contente: mais, lui demandai-je, si votre mère voulait vous faire religieuse? — *J'en serais charmée,* me dit-elle gaiement, *car alors je ne quitterais pas mes amies.* — Et si elle vous mariait? — *Il faudrait aussi lui obéir; mais je serais bien affligée, si elle me donnait un mari qui, m'emmenant en province, m'éloignât de mes compagnes et de mes religieuses.* — Je ne pus m'empêcher de prendre en pitié cette ame innocente, toujours prête à se soumettre à sa mère, sans même considérer quels devoirs elle lui imposerait. Si elle se fût plainte, si elle eût senti sa situation, j'aurais peut-être été moins touché: mais la trouver douce, résignée, m'intéressa bine davantage. Je ne pouvais me résoudre à lui laisser consommer ce sacrifice, sans l'avertir, au moins, des regrets dont il serai suivi. Je revins tourmenté de son souvenir et de son malheur; je voyais toujours cette pauvre enfant prononçant ces voeux terribles. Cependant il m'était bien difficile de la secourir ; car, dans le temps que mon père était irrité contre moi, il avait fait un testament qu'après il a oublié de détruire. Par cet acte, *je ne jouissais que du revenu de sa fortune, et il ne m'était permis de disposer du fonds, qu'au seul cas où je marierais; alors j'en deviendrais le maître, la moitié seulement restant substituée à mes enfans.* — Peut-être mon père, qui désirait passionnément que sa famille se perpétuât, avait-il pensé, qu'en me gênant ainsi jusqu'à l'époque de mon mariage, je me résoudrais plus aisément à former ces liens qui m'avaient toujours effrayé. Sa prévoyance n'a pas été vaine; car sans cette clause, je n'eusse jamais imaginé d'épouser, à mon âge, une si jeune personne. Je l'aurais dotée, mariée, en respectant son choix; mais je n'en avais pas la possibilité. Je revis Adèle souvent, et chaque fois, elle m'intéressa davantage. M'étant bien assuré que son coeur n'avait point d'inclination, qu'elle m'aimait comme un père, je me déterminai à la demander en mariage. Je m'y décidai avec d'autant moins de scrupule, que je n'avais que des parens éloignés, qui jouissaient tous de fortunes considérables, et que j'étais résolu à la traiter comme ma fille. D'ailleurs ma vieillesse, ma faible santé, me faisaient croire que je la laisserais libre, avant que l'âge eût développé en elle aucune passion. J'espérai qu'alors se trouvant riche, elle serait plus heureuse; car on dit toujours, lorsqu'on est jeune, que la fortune ne fait pas les bonheur; mais à mesure que l'on avance dans la vie, on apprend qu'elle y ajoute beaucoup. Madame de Joyeuse fut charmée de me donner sa fille; je crois bien qu'on rit un peu du vieillard qui épousait, avec tant de confiance une enfant de seize ans; mais le bon caractère d'Adèle m'a justifié. Quant à moi, j'espère ne lui avoir causé aucune peine. Cependant, si un jour je la voyais moins gaie, moins heureuse, je me persuaderais encore qu'un lien qui, naturellement, ne doit pas être long, vaut toujours mieux que le voile et les voeux éternels qui étaient son partage."

Je remerciai monsieur de Sénange de sa confiance, en admirant sa bonté et sa générosité. "Mon jeune ami, me dit-il, ne me louez pas tant, je suis assez récompensé; n'ai-je pas obtenu l'amitié d'Adèle? Si j'avais prétendu à un sentiment plus vif, tout le monde se serait moqué de moi, et vous tout le premier; au lieu que je puis me dire: Il n'est pas une de ses pensées, un de ses sentimens qui ne doive l'attacher à moi. Cela vaut mieux que les plaisirs de la vanité; l'expérience m'a appris qu'on a beau la flatter, elle n'est jamais complètement dupe; il y a toujours des momens où la vérité se fait sentir." Hé bien, Henri, aimez-vous monsieur de Sénange? Exista-t-il jamais un meilleur homme? et croyez-vous qu'Adèle eut raison de paraître satisfaite de se voir unie à lui? Comme ma sévérité était injuste et ridicule! Ah! Adèle, n'était-ce pas assez de vous connaître pour vous aimer; fallait-il encore avoir à l'accuser auprès de vous?

LETTRE XIX.

Neuilly, ce 26 août.

Monsieur de Sénange est assez bien pour son état, mon cher Henri; mais quel état, ou plutôt quel âge que celui où l'on compte à peine la souffrance, où l'on vous trouve heureux, parce que vous ne mourez pas! Il est vrai qu'aucun danger présent ne le menace; mais il a la goutte aux deux pieds, il ne saurait marcher, il ne peut même se mouvoir sans éprouver des douleurs cruelles; et on lui dit qu'il est bien, très-bien. Il ne paraît même pas trop loin de le penser; du moins, reçoit-il ces consolations avec une douceur qui m'étonne. — Serait-il possible qu'un jour j'aimasse assez la vie pour supporter une pareille situation?... peut-être... si j'ai fait quelques bonnes actions, et si, comme lui, j'ai mérité d'être chéri de tout ce qui m'entoure.

Depuis qu'il est mieux, il ne veut plus que les promenades d'Adèle soient interrompues, et il nous renvoie avec autorité, aux heures où nous sortions tous trois avant sa maladie. Le croiriez-vous, Henri? elles me sont moins agréables que lorsqu'il nous accompagnait. Je les commence en tremblant; et lorsqu'elles sont finies, je reste mécontent de moi, de mon esprit, de mes manières. Je suis continuellement tourmenté par la crainte d'ennuyer, ou, ce que j'ose à peine m'avouer, par celle de plaire. Monsieur de Sénange, avec toute sa bonté, est aussi par trop confiant. Croit-il que j'aie un coeur inaccessible à l'amour? Non: mais l'âge a tellement refroidi ses sentimens, qu'il est incapable d'inquiétude; peut-être aussi, et je le redoute plus encore, son estime pour moi est-elle plus forte que ses craintes? Les maris sont tous jaloux, ou imprudens à l'excès. Cependant je suis encore libre, puisque je prévois le danger, et que je pense à le fuir; mais le plaisir d'être auprès d'Adèle me retient, lors même que je me crois maître de moi.

Avant-hier, après le dîner, monsieur de Sénange voulut se reposer: Adèle mit un chapeau de paille, ses gants, et me fit signe de la suivre. En sortant de la maison, elle prit mon bras: je ne le lui avais pas offert; je n'osai le lui refuser, mais je frémis en la sentant si près de moi. Elle n'avait jamais été à pied hors de l'enceinte des jardins ou de l'île, la faiblesse de monsieur de Sénange l'obligeant à aller toujours en voiture: seule avec moi, elle voulut entreprendre une longue course. Les champs lui paraissaient superbes. Elle ne connaît rien encore; car à peine eut-elle quitté son couvent, que la maladie de sa mère la retint près d'elle. Tout la frappait agréablement; les bleuets, les plus simples fleurs attiraient son attention. Cette ignorance ajoutait encore à ses charmes; l'ingénuité de l'esprit est une preuve si touchante de l'innocence du coeur! J'aurais été très-content de cette journée, si, me redoutant moi-même, je n'avais pas craint de l'aimer plus que je ne le devais.

Le lendemain elle me proposa d'aller encore dans la campagne; je la refusai sous le prétexte d'affaire, de lettres indispensables. Son visage m'exprima un vif regret, mais sa bouche ne prononça aucun reproche; elle me dit avec un triste sourire: "*J'irai donc seule.*" — Sa douceur faillit détruire toutes mes résolutions. Heureusement qu'elle partit sans insister davantage: si elle eût ajouté un mot, si elle m'eût regardé, je la suivais.... Je suis resté, Henri! mais je ne fus pas long-temps sans me le reprocher. A peine fus-je remonté dans ma chambre, que je me la représentai se promenant, sans avoir personne avec elle; un passant, le moindre bruit pouvait lui faire peur. Je trouvai qu'il y avait de l'imprudence à la laisser ainsi: enfin, après y avoir bien pensé, je pris mon chapeau, et, descendant bien vite par le petit escalier de mon appartement, je courus la rejoindre. — Je la cherchai dans les jardins; elle n'y était pas: le batelier me dit qu'elle n'avait point été dans l'île. C'est alors que je m'inquiétai véritablement; je tremblai que seule, ne connaissant pas le danger, elle n'eût eu la fantaisie de revoir ces champs qui lui avaient paru si beaux la veille. Je n'en doutais plus, lorsque je trouvai la porte du parc ouverte. Je sortis aussitôt, et parcourant à perte d'haleine tous les endroits où nous avions été, je fis un chemin énorme; car je sais trop qu'à son âge, lorsqu'une promenade plaît, on va sans penser qu'il faut revenir. Mais comme le jour tombait tout-à-fait, et que je voyais à peine à me conduire, il fallut bien regagner la maison. — Quelquefois je m'arrêtais, prêtant l'oreille au moindre bruit: peut-être, me disais-je, revient-elle aussi, bien loin derrière moi. Souvent je retournais sur mes pas, écoutant sans rien entendre. Je fus horriblement tourmenté, et je me promis bien, à l'avenir, de ne plus consulter ma raison, et de tout abandonner au hasard. — En rentrant, je la trouvai tranquillement assise, qui travaillait auprès de son mari. Je fus au moment de la quereller, et lui demandai, avec humeur, où elle avait pu aller tout le jour? Elle répondit doucement, qu'après avoir fait quelques pas sur la terrasse, elle s'était ennuyée; et vous, me dit-elle, vos lettres sont-elles écrites? — Je ne fis pas semblant de l'entendre, pour ne pas lui répondre. — Henri, je l'aime!... mais ne puis-je l'aimer sans le lui dire? Je puis être son ami; et si jamais elle était libre!... Ah! je m'arrête: l'amour n'est pas encore mon maître, et déjà je pense sans regret au moment où ce bon, ce vertueux monsieur de Sénange ne sera plus! encore un jour, et peut-être désirerais-je sa mort!... Non, je fuirai Adèle, j'y suis résolu. Ces six semaines passées ainsi, presque seul avec elle; ces six semaines m'ont rendu trop différent de moi-même. Je n'éprouve plus ces mouvemens d'indignation que les plus légères fautes m'inspiraient: la vertu m'attire encore, mais je la trouve quelquefois d'un accès bien difficile. Cependant, je m'en irai; oui je m'en irai: il m'en coûtera, peut-être, hélas! bien plus que je ne crois.... Adieu; puisse l'amitié consoler la vie et remplir mon coeur!

LETTRE XX.

Neuilly, ce 27 août.

Je me suis levé ce matin décidé à partir, à quitter Adèle. En descendant chez monsieur de Sénange pour le déjeûner, je l'ai trouvé mieux qu'il n'avait été depuis sa maladie. Adèle avait un air satisfait où je remarquais quelque chose de particulier. Vingt fois j'ai été au moment de parler de mon prochain voyage, de leur faire mes adieux, et vingt fois je me suis arrêté. Non que je me flattasse qu'elle me regrettât long-temps: mais ils paraissaient heureux; et il faut si peu de chose pour troubler le bonheur, que j'ai respecté leur tranquillité. Si monsieur de Sénange eût souffert, s'il eût été triste, mon départ eût sans doute ajouté bien peu à leur peine, et j'aurais osé l'annoncer. Tantôt, ce soir, me disais-je, à leur premier chagrin, je m'éloignerai sans qu'ils s'en aperçoivent. Combien je cherche à m'aveugler! Ah! s'ils étaient souffrans ou malheureux, pourrais-je les abandonner? Enfin je n'ai pas eu le courage d'annoncer cette résolution qui m'avait coûté tant d'efforts.

Après le déjeuner, la pluie empêchant Adèle de se promener, elle est remontée dans sa chambre; et, resté seul avec monsieur de Sénange, je lui ai proposé de faire une lecture. Mais à peine l'avais-je commencée, qu'un de ses gens est venu m'avertir tout bas qu'on me demandait. Je suis sorti, et j'ai été très-étonné de voir une des femmes d'Adèle, qui m'a dit que sa maîtresse m'attendait dans son appartement. Je n'y étais jamais entré; comme elle se rend chaque jour à dix heures du matin chez son mari, et qu'elle ne le quitte qu'aux heures de la promenade, c'est chez lui qu'elle passe sa vie, qu'elle lit, dessine, fait de la musique. L'impossibilité où il est de s'occuper, le besoin qu'il a d'elle, lui font un devoir de ne jamais le laisser seul; et pour moi, conservant nos usages, même chez les étrangers, j'aurais craint d'être indiscret si je lui avais demandé de voir sa chambre.

J'ai été surpris de l'air mystérieux de la femme qui me conduisait; cependant je l'ai suivie.

Dès qu'Adèle m'a aperçu, elle s'est avancée vers moi avec joie, et sans me donner le temps de lui parler, elle m'a dit: "Monsieur de Sénange étant mieux, je veux célébrer sa convalescence; il faut que vous m'aidiez à le surprendre. Dans quelques jours je donnerai une fête, un bal à toutes les pensionnaires de mon couvent. Nous chanterons des chansons faites pour lui; il y aura un feu d'artifice, des illuminations. Ses anciens amis, mes compagnes, les malheureux dont il prend soin, tout ce qui l'intéresse sera invité; heureuse de lui témoigner ainsi mon bonheur et ma reconnaissance! J'irai demain à mon couvent pour arranger tout cela; voudrez-vous bien rester avec lui?" — Pouvais-je la refuser? Ce n'est qu'un jour de plus, et un jour sans elle, c'est déjà commencer l'absence. — Je le lui ai promis; alors elle s'est laissée aller à tout le plaisir qu'elle attend de cette fête. Elle me racontait son plan, le répétait de toutes manières; et, pendant qu'elle jouissait d'avance de la surprise qu'elle voulait procurer à cet homme si digne d'être aimé, je pensais tristement que je n'en serais pas témoin, que bientôt je ne la verrais plus. Malgré ces idées pénibles, je me suis trouvé heureux que le hasard m'ait fait connaître son appartement. C'est ajouter au souvenir de la personne, que de se rappeler aussi les lieux où elle se trouve. J'ai examiné sa chambre avec soin; ses meubles, les plus petits détails, rien ne m'a échappé, je m'en souviendrai toujours. — Je lui ai demandé l'heure à laquelle elle se levait? — A huit heures, m'a-t-elle répondu. — Tous les matins à huit heures, me suis-je dit intérieurement, je ferai des voeux pour que rien ne trouble le bonheur de sa journée. J'ai voulu voir sa bibliothèque; elle a résisté long-temps: mes instances en ont été plus vives: enfin elle a cédé à ce désir; et jugez de mon étonnement, lorsqu'en y entrant, le premier objet qui s'est offert à ma vue, a été un tableau fort peu avancé, mais où la tête de monsieur de Sénange et la mienne étaient déjà parfaitement ressemblantes? "J'aurai voulu, m'a-t-elle dit en riant, que vous ne le vissiez que lorsqu'il aurait été fini; je copie un des portraits de monsieur de Sénange, j'y ai moins de mérite; mais le vôtre, c'est de souvenir." — A ces mots, la surprise, la joie ont troublé toute mon ame; "de souvenir," lui ai-je dit en tremblant; car je rappelais ses paroles pour qu'elle les entendît elle-même, et qu'elle les prononçât encore. — "Oui," a-t-elle repris avec une douce confiance. — Ah! me suis-je écrié, vous ne m'oublierez donc point! "Jamais," a-t-elle répondu. — J'étais saisi, et sans oser la regarder, je lui ai dit: "Croyez aussi que ma pensée vous suivra toujours!"

Je n'osai plus lever les yeux, ni dire un mot; je regardais alternativement mon portrait, celui de monsieur de Sénange surtout.... Il m'a rappelé à moi-même, et a empêché mon secret de m'échapper. Elle est si vive, qu'elle ne s'est pas aperçue de mon émotion, et m'a proposé gaiement de voir ses autres ouvrages, ses cartons, ses dessins. Elle m'a montré un petit portrait d'elle, à peine tracé, et qui la représente dans son enfance: je le lui ai demandé vivement; elle me l'a accordé sans difficulté, et même reconnaissante de mon intérêt. J'aurais voulu qu'elle crût me faire un sacrifice; mais son innocence ne lui laissait pas deviner le prix que j'y attachais. Je l'ai priée du moins de ne dire à personne que je l'eusse obtenu. Pourquoi? m'a-t-elle demandé avec étonnement; n'êtes-vous pas notre meilleur ami? — Ah! dites notre seul ami. — Non; monsieur de Sénange en a beaucoup. — Et vous? — Pour moi, c'est bien vrai! — Eh bien, dites donc, *mon seul ami!* — *Mon seul ami*, a-t-elle répété en souriant! — Promettez-moi, ai-je ajouté, que lorsque je serai absent, vous me manderez tout ce qui pourra vous intéresser… Vous me direz s'il est quelqu'un que vous me préfériez? — Ne parlez pas d'absence, m'a-t-elle dit doucement; vous gâtez toute ma joie. — J'ai cessé d'en parler; mais la douleur et les regrets étaient dans mon coeur: elle m'a regardé avec inquiétude, et a perdu cet air satisfait qui l'animait. Nous sommes descendus chez monsieur de Sénange, presque aussi émus l'un que l'autre.

Souvent, dans le courant du jour, elle m'a considéré attentivement, comme si elle eût cherché dans mes yeux, la cause ou la fin de sa peine. Après dîner, au lieu de se promener elle s'est mise à son piano, mais n'a plus joué ni chanté les airs brillans qui l'amusaient la veille. La journée a fini sans qu'elle ait retrouvé sa gaieté; et le soir, en me quittant, la pauvre petite m'a dit, les larmes aux yeux: *Mon seul ami, est-ce que vous pensez à partir?* Ah! je crains bien de n'être pas seul malheureux! — Que n'êtes-vous avec moi, Henri! peut-être que l'amitié, en partageant mon coeur, rendrait moins vif le sentiment qu'Adèle m'inspire; mes peines en seraient moins amères. Mais ces désirs sont vains! vous ne viendrez pas, et il faut que je m'éloigne; il le faut absolument.

LETTRE XXI.

Neuilly, ce 28 août.

Adèle était allée dîner à son couvent. Quelle différence du jour où, pour la première fois, je restai seul avec monsieur de Sénange! Je ne pensais qu'à l'amuser; aujourd'hui, je me suis ennuyé à mourir. Je m'efforçais en vain de l'occuper, de le distraire; le moindre soin me fatiguait; jamais le temps ne m'a paru si long. Aussi, pour faire quelque chose, lui ai-je proposé de lire les lettres de lady B...., trop heureux de trouver un objet qui pût l'intéresser! Il a saisi cette idée avec joie, m'a donné la clef d'un secrétaire qui est dans son cabinet, et m'a prié d'aller les chercher. — En ouvrant le premier tiroir, j'y ai trouvé un portrait d'Adèle en miniature, fait par le meilleur peintre, et enrichi de diamans, comme s'il avait besoin de cet entourage pour paraître précieux! Je l'ai regardé avec transport: sa beauté, sa douceur, la sérénité de son regard y sont peintes d'une manière ravissante. Il m'a été impossible de m'en détacher, et, par un mouvement involontaire, je l'ai placé contre mon coeur. Insensé! il me semblait qu'en le possédant ainsi, ne fût-ce qu'un moment, j'en conserverais long-temps l'impression. Mais je me promettais bien de le remettre lorsque je rapporterais ces lettres. Je suis rentré dans le salon, avec le carton où elles étaient renfermées. Monsieur de Sénange les a prises, et a voulu les lire lui-même. — Tranquille en le voyant satisfait, je me laissais aller à mes propres pensées; je l'entendais sans l'écouter. Le son monotone de sa voix ne pouvant fixer mon attention, ajoutait encore à ma rêverie. Il était heureux, le temps se passait, et c'est tout ce qu'il me fallait. A cinq heures, nous avons entendu le bruit d'une voiture; c'était Adèle. Mon coeur a battu avec violence, comme si elle n'avait pas dû venir, ou que je ne l'attendisse pas.... Elle nous a raconté qu'elle avait trouvé ses religieuses encore fort affligées, parce qu'il y a environ huit ou dix jours un pan de mur de leur jardin est tombé. "Pour moi, m'a-t-elle dit, j'en ai été ravie; car lorsque la clôture est interrompue comme cela, par une sorte de fatalité, il est permis aux hommes d'entrer dans l'intérieur des couvens; et j'ai pensé que, ne connaissant pas ces sortes d'établissemens, vous auriez peut-être la curiosité d'en voir un. La supérieure m'a permis de vous y conduire après-demain, si cela peut vous être agréable." Je lui ai répondu courageusement que je craignais bien de ne pouvoir pas profiter de cette permission; mais après ce grand effort, je n'ai plus senti que le désir de voir cet asile de son enfance. Elle a paru le souhaiter vivement, a insisté; et tout ce que ma raison a pu conserver d'empire, s'est borné à lui répondre que je tâcherais de la suivre. Mais j'y étais résolu; ne vous moquez pas de ma faiblesse, Henri; je partirai, soyez-en sûr: un jour de plus n'est pas bien dangereux. Peut-être aussi, ces voiles, ces grilles, ces mortifications de tout genre, que des femmes embrassent avec ardeur et supportent sans se plaindre, ces exemples de courage feront rougir celui qui n'est pas assez fort, ni pour résister au danger, ni même pour le fuir. — D'ailleurs, quelque envie que j'eusse de m'éloigner, il faut bien que je reste, je ne sais combien d'heures, de jours, de temps encore; car imaginez que lorsque Adèle est arrivée, monsieur de Sénange a resserré ces malheureuses lettres de lady B…, et a remis le carton sur une table près de lui. Je lui ai offert de le reporter dans son secrétaire; mais je ne sais quelle fantaisie lui a fait préférer de le garder. Avant le souper, je lui ai proposé de nouveau d'aller le serrer; il s'y est encore refusé: et, au moment de nous retirer, lui ayant fait entendre qu'il ne fallait pas le laisser traîner sur sa table, il s'est impatienté tout-à-fait, a haussé les épaules, et a dit à Adèle de mettre ce carton dans une bibliothèque qui est dans le salon; ce qu'elle a fait avec cet empressement distrait qui la porte toujours à lui obéir, sans même prendre intérêt aux choses qu'il lui demande.

Me voilà donc avec un portrait enrichi de diamans, ne prévoyant pas quand il me sera possible de le replacer sans qu'on s'en aperçoive; n'osant ni le garder, ni le rendre, de peur de la compromettre; risquant de faire soupçonner la probité d'anciens serviteurs, et probablement obligé à la fin de déclarer, devant toute une maison, que c'est moi qui l'ai dérobé, parce que j'aime madame de Sénange! Belle raison à donner à un mari, à des valets, à Adèle elle-même, qui me traite assez bien pour qu'alors on pût la soupçonner de partager mes sentimens!…. En vérité, Henri, je crois qu'il y a quelque démon qui s'amuse à me tourmenter.

LETTRE XXII.

Neuilly, ce 29 août.

Je ne vous écrirai que deux mots aujourd'hui, mon cher Henri, car l'heure de la poste me presse. Il est certain qu'un mauvais génie se mêle de toutes mes actions; je me croirais ensorcelé, si nous étions encore à ce bienheureux temps, où l'on accusait quelque être imaginaire de ses chagrins et de ses fautes; où il suffisait d'un moment de bonheur pour se flatter qu'une divinité bienfaisante vous conduisait, et se plairait à vous protéger toujours.

En m'éveillant ce matin, je me suis empressé de regarder le portrait d'Adèle. Après m'être dit, répété, combien j'aime celle qu'il représente, je l'ai serré dans mon écritoire, afin qu'aucun accident, aucun hasard ne fît qu'on le découvrît si je le portais sur moi; et, satisfait de cette sage précaution, de cette heureuse prévoyance, je suis descendu chez monsieur de Sénange pour le déjeuner: il était encore seul. "Venez, m'a-t-il dit vivement; hier vous m'avez impatienté, en me demandant ces lettres devant Adèle; allez les serrer bien vite où elles étaient, et revenez aussitôt." Henri, me voyez-vous, enrageant de tenir la clef du secrétaire, lorsque je n'avais plus le portrait, et sans qu'il me fût possible d'aller le chercher? car ce cabinet n'a d'issue que par la porte qui donne dans le salon où était monsieur de Sénange. J'ai donc remis ce maudit carton; mais j'ai eu soin de ne faire que pousser le secrétaire au lieu de le fermer, demeurant ainsi le maître de rendre ce trésor sans qu'on s'en aperçoive. En rentrant dans le salon, monsieur de Sénange m'a redemandé sa clef: "Quoique lady B.... m'a-t-il dit, fût la vertu même, je n'ai jamais voulu parler d'elle devant Adèle; j'étais si jeune alors, si amoureux; je me trouve si différent aujourd'hui! A mon âge, a-t-il ajouté en riant, les comparaisons sont dangereuses! D'ailleurs, elle a été élevée dans un couvent, où, selon l'usage, les romans sont sévèrement défendus, et où les chansons même qui renferment le mot d'amour ne se font jamais entendre: aussi, son esprit est-il simple et pur comme son coeur." Il aurait pu continuer long-temps son éloge, sans que je trouvasse qu'il en dît assez; mais Adèle elle-même est venue l'interrompre. Son regard timide me disait qu'elle ne se fiait plus à l'avenir: la tristesse de la veille lui avait laissé une sorte d'abattement qui donnait à sa voix, à ses mouvemens, une mollesse, une douceur inexprimable. Il m'a été impossible d'y résister; je me suis approché d'elle, et lui ai demandé à quelle heure il fallait être prêt le lendemain pour la suivre au couvent. — Ce seul mot l'a ranimée, lui a rendu sa vivacité, son sourire, et je n'ai jamais été si heureux!…. Je sens près d'elle un charme qui m'était inconnu. Ah! jouissons au moins de cette journée; oublions mes résolutions, et puissé-je ne penser à mon départ qu'au moment où il faudra la quitter!

LETTRE XXIII.

Neuilly, 31 août, 2 heures du matin.

Immédiatement après le dîner, mon cher Henri, Adèle demanda ses chevaux pour se rendre au couvent. Monsieur de Sénange lui dit d'emmener une de ses femmes, étant trop jeune, pour aller seule avec moi. Son innocence n'en avait pas senti la nécessité, et ne s'en trouva pas gênée; tandis que ma raison, en le jugeant convenable, s'y soumettait avec peine. Elle partit gaiement, et je la suivis, fort ennuyé d'avoir cette femme avec nous. Lorsque nous arrivâmes au couvent, Adèle monta au parloir, et me présenta à la supérieure, qui me reçut avec une bonté extrême. Elle me proposa d'aller, par les dehors de la maison, gagner le mur du jardin, pendant qu'elle viendrait avec Adèle me joindre par l'intérieur. — "Mais, lui dis-je, puisque je vais me trouver aussitôt que vous dans le monastère, pourquoi ne me laisseriez-vous pas suivre tout simplement madame de Sénange, sans m'ordonner de faire seul un chemin si inutile? — Non, me répondit-elle en souriant; la même loi qui suppose que vous êtes les maîtres d'entrer dans nos maisons, lorsque la clôture en est interrompue par le hasard, nous défend de vous en ouvrir les portes. Les esprits forts peuvent se conduire par leur jugement; mais nous, qui sommes des êtres imparfaits, nous suivons la règle exacte sans oser en interpréter l'esprit, ni permettre à l'obéissance d'établir des bornes que, tour à tour, la faiblesse ou l'exagération voudrait changer."

Je conduisis donc Adèle à la porte de clôture. Dès qu'elle fut entrée, on la referma sur elle, avec un si grand bruit de barres de fer et de verroux, que mon coeur se serra comme si je n'avais pas dû la revoir dans l'instant même. Je me hâtai de faire le tour de la maison, et j'arrivai à cette brèche presqu'aussitôt qu'elle. La supérieure me reçut accompagnée de deux religieuses qui la suivirent le reste du jour. Peut-être m'accuserez-vous de folie; mais véritablement je sentis une émotion extraordinaire lorsque mon pied se posa sur cette terre consacrée. Dès qu'Adèle me vit dans le jardin, elle me demanda tout bas si je serais bien contrarié qu'elle me laissât seul avec ces dames; l'amie qui était avec elle le jour où je la rencontrai pour la première fois étant malade, elle désirait d'aller la voir. — Il fallut bien y consentir. — Elle se rapprocha de la supérieure, me recommanda à ses soins, à ses bontés, l'embrassa aussi tendrement qu'une fille chérie embrasse sa mère, et me laissa avec cette digne femme, qui voulut bien me conduire dans l'intérieur du couvent.

"Notre maison, me dit-elle, est, à elle seule, un petit monde séparé du grand. Nous ne connaissons ici ni le besoin, ni la fortune: aucune religieuse ne se croit pauvre, parce qu'aucune n'est riche. Tout est égal, tout est en commun; ce qui nous est nécessaire se fait dans la maison. Les emplois sont distribués suivant les talens de chacune. Souvent nous cédons à leur goût; quelquefois nous le contrarions; car si les ames tendres ont besoin d'être conduites avec douceur, même pour aimer Dieu, les coeurs ardens croient que pour gagner le ciel il faut une vie pleine d'austérités. Je cherche à connaître leur caractère sans paraître le deviner. Obligée de maintenir l'obéissance à la règle de ce monastère, je désire que ce soit avec un peu d'effort, et qu'elles soient heureuses autant qu'il est possible. Toutes le deviennent par la seule habitude de les tenir continuellement occupées du bonheur des autres. Les anciennes sont à la tête de chaque différent exercice: ne pouvant plus faire beaucoup de bien par elles-mêmes, elles ont au moins la consolation de le conseiller, d'apprendre aux jeunes à faire mieux; et ces dernières trouvent une sorte de plaisir dans la déférence qu'elles ont pour celles d'un âge avancé. L'amour de la vertu a besoin d'aliment; et je regarderais comme bien à plaindre celles qui n'auraient aucun devoir à remplir."

Je voulus tout voir: elle me mena à la roberie (1) [(1) Nom de la salle où l'on fait et serre les robes des religieuses.]; quatre religieuses étaient chargées de faire les vêtemens de toute la maison. C'était l'heur du silence: elles se levèrent sans nous regarder, et se remirent à leurs ouvrages sans nous parler. — De là nous allâmes à la lingerie: toujours d'aussi grands détails et aussi peu de monde pour y suffire. La supérieure m'en voyant étonné, me demanda s'il ne fallait pas bien leur ménager de l'occupation pour toute l'année? Nous parcourûmes ainsi toute la maison. Les religieuses me reçurent toujours avec la même politesse et le même recueillement. Nous arrivâmes jusqu'à l'infirmerie; là, le silence était interrompu; on ne parlait pas assez haut pour faire du bruit aux malades, mais on s'occupait du soin de les distraire, et même de les amuser. C'était la chambre des convalescentes, ou de celles dont les maladies douloureuses, mais lentes et incurables, ne leur permettaient plus de sortir. Il y avait dans cette salle immense des oiseaux, un gros chien, deux chats; et, sur les fenêtres, entre des chassis, des fleurs, de petits arbustes et des simples. La supérieure m'apprit que leur ordre leur défendait ces amusemens; "mais ici, ajouta-t-elle, tout ce qui divise l'attention soulage et devient un de nos devoirs: lorsque l'esprit ne peut plus être occupé long-temps, il a besoin d'être distrait." Il y avait dans cette chambre, comme dans les autres, une vieille religieuse qui présidait au service, et des jeunes qui lui obéissaient.

Nous arrivâmes aux classes; c'est là que le souvenir d'Adèle l'offrit à moi comme si elle eût été présente; j'aurais voulu voir la place qu'elle occupait, retrouver quelques traces de son séjour dans cette maison. Avec quel intérêt je regardais ces jeunes filles que l'affection et l'habitude rendent comme les enfans d'une même famille! Je les considérais comme autant de soeurs d'Adèle, et je me sentais pour chacune un attrait particulier. Je leur demandai quelle était sa meilleure amie: c'est moi, dirent-elles presque toutes à la fois.

— "Et quelle est celle que madame de Sénange préférait?" — Toutes regardèrent une jeune personne belle et modeste, qui baissa les yeux en rougissant; elle paraissait plus confuse d'être distinguée, qu'elle n'eût été sensible à l'oubli. Je fis des voeux pour son bonheur, et pour qu'elle conservât toujours cette heureuse simplicité.

Quel étonnant contraste de voir ces jeunes pensionnaires élevées, avec les talens qui donnent des succès dans le monde, et les vertus qui peuvent les rendre chères à leurs maris, par des femmes qui ont renoncé pour elles-mêmes au monde, au mariage, et qui, cependant, n'oublient rien de ce qui peut les rendre plus aimables! — On leur montre la musique, le dessin, divers instrumens: leur taille, leur figure, leur maintien sont soignés sans recherche, mais avec l'attention que pourrait y donner la mère la plus vaine de la beauté de ses filles. Une de ces petites se tenait mal; la maîtresse n'eut qu'à la nommer, pour qu'elle se redressât bien vite; et il me parut que si c'était un défaut dans lequel elle retombait souvent, la religieuse avait pris la même habitude de la reprendre, sans humeur et sans négligence; ce qui doit finir par corriger. Toutes travaillaient: une d'elles dévidait un écheveau de soie très-fine, et si mêlée, qu'elle ne pouvait pas en venir à bout; enfin, après avoir essayé de toutes les manières, elle y renonça, prit sa soie et la jeta dans la cheminée. La supérieure fut la ramasser, ouvrit doucement la fenêtre, et la jeta dans la rue: "Peut-être, lui dit-elle en souriant, quelqu'un plus patient et plus pauvre que vous la ramassera…" La jeune fille rougit; et la supérieure, pour ne pas augmenter son embarras, chercha à m'éloigner, en me proposant de me mener voir le service des pauvres. "Cette institution, me dit-elle, vous prouvera, j'espère, que rien n'échappe à une charité bien entendue. Il y a plus d'un siècle qu'un vieillard a attaché à notre maison un bâtiment et des fonds, pour recevoir, tous les soirs, les gens de la campagne que leurs affaires forceraient à passer par Paris, et qui, n'ayant point d'asile, seraient exposés à mille dangers sans cette ressource. Ils n'ont besoin que d'un certificat de leurs curés pour être admis; mais ils ne peuvent rester que trois jours; car on ne suppose point que leurs affaires doivent les retenir plus long-temps. Cependant nous ne nous sommes jamais refusées à accorder un plus grand délai à ceux qui annonçaient de vrais besoins."

Tout en marchant, je lui demandai pourquoi elle avait repris cette jeune pensionnaire devant moi, et cependant sans la gronder? — "Il y a peu de jours, me dit-elle, qu'elle est avec nous, et elle avait besoin d'une leçon. Pour rien au monde, je ne l'aurais reprise devant personne, d'une faute réelle. Le mystère avec lequel les instituteurs cachent les torts graves, augmente la honte et le repentir des élèves; mais pour les étourderies de la jeunesse, les mauvaises habitudes, les distractions, nous croyons que tout ce qui peut imprimer un plus long souvenir doit être employé. Je ne l'ai pas grondée, parce qu'elle n'avait rien fait de mal en soi, et qu'il faut garder la sévérité pour des choses vraiment répréhensibles. Les enfans ont toutes les passions en miniature. Leur vie est, comme celle des personnes faites, partagée entre le mal, le bien et le mieux. Nous reprenons vigoureusement celles qui annoncent des dispositions fâcheuses; nous montrons, nous conseillons doucement le bien. Ce n'est pas l'obéissance, mais le goût qui doit y porter; et nous louons, nous chérissons celles qui, plus avancées, croyent à la perfection, et la cherchent."

Nous arrivâmes à l'hôpital: représentez-vous, Henri, une voûte immense, éclairée par trois lampes placées à une si juste distance les unes des autres, qu'on y voyait assez, quoique la lumière y fût sans éclat. Une table fort étroite, et occupant toute la longueur de la salle, était couverte de nappes très-blanches. Une centaine de pauvres y étaient assis, tous rangés sur la même ligne. On avait écrit sur les murs des sentences des livres saints, qui invitaient à la charité, et à ne jamais manquer l'occasion d'une bonne oeuvre. Dans le milieu de cette salle était un prie-dieu; après, un socle sur lequel on avait posé un grand bassin rempli d'une soupe assez épaisse pour les nourrir, et cependant fort appétissante. La supérieure la servit; quatre jeunes religieuses lui apportaient promptement, et successivement, de petites écuelles de terre qu'elle emplissait, et qu'elles reportaient à chaque pauvre; ensuite on leur donna à chacun un petit plat, dans lequel était un ragoût mêlé de viande et de légumes, avec deux livres de pain bis-blanc. Pendant leur repas, une jeune pensionnaire fit tout haut une lecture pieuse. Le grand silence qui régnait dans cette salle, prouvait également la reconnaissance du pauvre, et le respect des religieuses pour le malheur. Je m'informai avec soin des revenus et des dépenses de cet établissement. Vous seriez étonné de peu qu'il en coûte pour faire autant de bien. A ma prière, la supérieure entra dans les plus grands détails. Avec quelle modestie elle passait sur les peines que devait lui donner une surveillance si étendue! C'était toujours *des usages qu'elle avait trouvés; des exemples qu'elle avait reçus; des secours et des consolations que ses religieuses lui donnaient.* "Une des premières règles de cette maison, me dit-elle, est de ne rien perdre, et de croire que tout peut servir. Par exemple, après le dîner de nos pensionnaires, une religieuse a le soin de ramasser dans une serviette tous les petits morceaux de pain que les enfans laissent; car la gourmandise trouve à se placer, même en ne mangeant que du pain sec; et je suis toujours étonnée du choix et des différences qu'elles y trouvent. On porte ces restes dans le bassin des pauvres; une pensionnaire suit la religieuse, qui se garde bien de lui dire: *regardez*, mais qui lui montre que tout est utile. Travaillent-elles? Le plus petit chiffon, un bout de fil est serré, et finit toujours par être employé. En leur faisant ainsi pratiquer ensemble la charité qui ne refuse aucun malheureux, et l'économie qui seule nous met en état de les secourir tous, elles apprennent de bonne heure qu'avec de l'ordre, la fortune la plus bornée peut encore faire du bien; et qu'avec de l'attention, les riches en font chaque jour davantage?"

Après le souper, qui dura une demi-heure, tous les pauvres se mirent à genoux; et la plus jeune des religieuses, se mettant aussi à genoux devant un prie-dieu, fit tout haut la prière, à laquelle ils répondirent avec une dévotion que leur gratitude augmentait sûrement. Je fus frappé de la voix douce et tendre de cette religieuse. La pâleur de la mort était sur son visage; elle me parut si faible, que je craignais qu'elle n'élevât la voix. Après la prière je lui demandai s'il y avait long-temps qu'elle avait prononcé ses voeux. *Il y a six mois*, me répondit-elle.... après un long soupir, elle ajouta: *j'étais bien jeune alors!...* et elle s'éloigna. — "Ah! m'écriai-je, en me rapprochant de la supérieure, y en aurait-il parmi vous qui regrettassent leur liberté? — Ne m'interrogez pas sur ma plus grande peine, me dit-elle en rougissant: veuillez croire seulement qu'alors ce ne serait pas ma faute, et que je leur donnerais toutes les consolations qui seraient en ma puissance. Leurs vertus, leur résignation peuvent les rendre heureuses sans moi; mais elles ne sauraient avoir de peines que je ne les partage. Comme la plus simple religieuse, je n'ai que ma voix pour admettre, ou pour refuser celles qui veulent prendre le voile. Lorsqu'une vraie dévotion les détermine, elles ne regrettent rien sur la terre. Mais il est de jeunes novices qu'un excès de ferveur trompe elles-mêmes; et d'autres qui, se fiant à leur courage, renoncent au monde pour des intérêts de famille, et nous le cachent avec soin. Le sort des religieuses qui se repentent est d'autant plus à plaindre, que notre état est le seul dans la vie où il n'y ait jamais de changement, ni aucune espérance."

Comme elle disait ces mots, Adèle revint avec deux ou trois de ses jeunes compagnes. Ni son retour, ni leur gaieté ne purent dissiper la tristesse que m'avaient inspirée les dernières paroles de la supérieure. J'en étais encore affecté, lorsqu'elle nous avertit que, le souper des pauvres étant fini, il fallait leur laisser prendre un repos dont ils avaient besoin; et après nous avoir dit adieu, avoir encore embrassé Adèle, qu'elle appelait *sa chère fille*, elle regagna une grande porte de fer qui sépare l'hôpital de l'intérieur du couvent. Elle y entra, et referma cette porte sur elle, avec ce même bruit de verroux, de triple serrure, qui donnait trop l'idée d'une prison. Je pensai à la douleur que devait éprouver cette jeune religieuse quand, chaque jour, ce bruit lui renouvelait le sentiment de son esclavage.

Lorsque nous arrivâmes à Neuilly, monsieur de Sénange se fit traîner au-devant de nous, et reçut Adèle avec un plaisir qui prouvait bien l'ennui que lui avait causé son absence: "Bonjour, mes enfans," nous dit-il avec joie. Mon coeur tressaillit en l'entendant nous réunir ainsi, quoique ce fût sûrement sans y avoir pensé. Je lui rendis compte de ce que j'avais vu, des impressions que j'avais ressenties. Mais quand j'en vins à cette jeune religieuse, j'osai le remercier d'avoir sauvé Adèle d'un pareil sort. "Sans vous, lui dis-je vivement; sans vous, dans six mois, elle aurait été bien malheureuse! — Et malheureuse pour toujours!" me répondit-il. — Il la regarda avec attendrissement; son visage était serein, mais des larmes tombaient de ses yeux. Adèle, entraînée par tant de bonté, se jeta à genoux devant lui, et baisa sa main avec une tendre reconnaissance. "Ma chère enfant, lui dit-il en la pressant contre son coeur, dites-moi que vous ne regrettez pas notre union; je ne veux que votre bonheur; cherchez, demandez-moi tout ce qui pourra y ajouter!" — Tant d'émotions firent mal à ce bon vieillard; il pleurait et tremblait, sans pouvoir parler davantage. Je fis éloigner Adèle, et je donnai à monsieur de Sénange tous les soins que je pus imaginer; mais il fallut le porter dans son lit. Lorsqu'il fut un peu clamé, il s'endormit. Je revins dans ma chambre, où il me fut impossible de trouver le repos. J'ai lu, je me suis promené; je vous écris depuis trois heures, il en est cinq, et le sommeil est encore bien loin. Cependant, je suis tranquille, satisfait, sans remords. Je ne me crois plus obligé de fuir; j'avais trop peu de confiance en moi-même. Serait-il possible que mon coeur éprouvât jamais un sentiment dont cet excellent homme eût à se plaindre?

LETTRE XXIV.

Neuilly, ce 1er septembre, 2 heures après-midi.

Vous, mon cher Henri, qui avez eu si souvent à supporter ma détestable humeur, jouissez de la situation nouvelle dans laquelle je me trouve. Je suis content de moi, content des autres: j'aime, j'estime tout ce qui m'environne; je reçois des preuves continuelles que j'ai inspiré les mêmes sentimens. Que faut-il de plus pour être heureux?

Ce matin, l'esprit encore fortement occupé de tout ce que j'avais vu dans le couvent d'Adèle, j'ai écrit à la supérieure, pour lui demander la permission d'augmenter la fondation de l'hôpital. On y garde, comme je vous l'ai dit, les voyageurs pendant trois jours; et le quatrième, ils sont obligés de quitter cette maison: c'est de ce quatrième jour que je me suis occupé. J'ai offert une somme assez considérable pour que l'on puisse leur donner de quoi faire deux jours de route. A l'obligation qu'ils doivent avoir pour l'asile qui leur a été accordé, ils ajouteront une reconnaissance, peut-être plus vive encore, pour le secours qu'ils recevront au moment de leur départ. Quand un homme se trouve seul, il est bien plus sensible aux services qu'on lui rend, et dont il jouit, que lorsqu'il partage le même bienfait avec beaucoup d'autres; car alors, il croit seulement que c'est un devoir qui a été rempli.

J'ai prié l'abbesse de donner cette aumône au nom d'*Adèle de Joyeuse*, pour qu'on la bénît, et qu'on priât pour son bonheur. Quoique j'aime monsieur de Sénange, j'ai eu plus de plaisir à employer le nom de famille d'Adèle. — Adèle m'occupe uniquement: parle-t-on d'un malheur, d'une peine vivement sentie? je tremble que le cours de sa vie n'en sot pas exempt; et je voudrais qu'il me fût possible de supporter toutes celles qui lui sont réservées. — S'attendrit-on sur la maladie, sur la mort d'une jeune personne enlevée au monde avant le temps? je frémis pour Adèle: sa fraîcheur, sa jeunesse ne me rassurent plus assez. Et si le mot de *bonheur* est prononcé devant moi, mon coeur s'émeut; je forme le voeu sincère qu'elle jouisse de tout celui qui m'est destiné! — Enfin, je l'aime jusqu'à sentir que je ne puis plus souffrir que de ses peines, ni être heureux que par elle.

Après avoir fait partir ma lettre pour le couvent, je suis descendu chez monsieur de Sénange. J'avais sans doute cet air satisfait qui suit toujours les bonnes actions; car il a été le premier à le remarquer, et à m'en faire compliment. Pour Adèle, elle m'en a tout simplement demandé la raison: sans vouloir la donner, je suis convenu qu'il y en avait une qui touchait mon coeur. Elle s'est épuisée en recherches, en conjectures. Sa curiosité amusait fort le bon vieillard; mais elle est restée confondue de me voir rire; de m'entendre la prier de me féliciter, et l'assurer en même temps que non-seulement je n'avais vu personne, mais que je n'avais reçu aucune lettre. — Alors feignant d'être effrayée, elle m'a dit que mes accès de tristesse et de gaieté avaient des symptômes de folie auxquels il fallait prendre garde. Elle se moquait de moi, et ma paraissait charmante; sa bonne humeur ajoutait encore à la mienne.

Comme le déjeuner a duré trois fois plus qu'à l'ordinaire, mon valet de chambre a eu le temps de revenir avec la réponse de la supérieure, qu'il m'a remise sans me dire de quelle part. — C'est pour le coup que la curiosité d'Adèle a été à son comble: mais voulant continuer ce badinage, j'ai mis cette lettre dans ma poche sans l'ouvrir. — Adèle me regardait avec inquiétude, me traitant toujours comme un homme en démence. Enfin, cette plaisanterie s'est prolongée sans perdre de sa grâce. Mais, mon cher Henri, malgré votre goût pour les détails, je m'arrête. Qui sait si, lorsque vous lirez cette lettre, vous ne serez point triste, de mauvaise humeur, et si notre gaieté ne provoquera pas votre sourire dédaigneux? — Du reste, j'étais si disposé à m'amuser, que monsieur de Sénange a été obligé de nous avertir plusieurs fois, qu'ayant du monde à dîner, Adèle aurait à peine le temps de faire sa toilette.

LETTRE XXV.

Neuilly, ce 2 septembre.

Notre journée, mon cher Henri, se termina hier aussi ridiculement qu'elle avait commencé. Lorsque j'entrai dans le salon, Adèle courut au-devant de moi, et me dit, tout bas, de venir écouter la personne du monde la plus extraordinaire, une personne qui ne parle point sans placer trois mots presque synonymes l'un après l'autre; toujours trois, me dit-elle, jamais plus, jamais moins: et se rapprochant d'un homme jeune encore, qui avait l'air froid, même un peu sauvage, et dont tous les mouvemens étaient lents et toutes les expressions exagérées, elle me le présenta comme un parent de monsieur de Sénange. — "Monsieur, me dit-il, vous pouvez compter sur ma considération, ma déférence et mes égards." — Je m'assis près de lui: Adèle me demanda si enfin j'avais lu cette lettre que j'avais reçue avec tant de mystère? Ce monsieur s'empressa d'assurer que j'étais certainement trop poli, gracieux et civil, pour ne pas prévenir ses désirs. — Je lui répondis que les Anglais n'étaient pas si galans. — Ils ont raison, dit-il, car peut-être plaisent-ils davantage par leur ingénuité, leur sincérité, leur rudesse. — Pourquoi *rudesse*, lui demandai-je avec étonnement? — Monsieur, me répondit-il, nous appelons souvent rudesse, et sûrement mal-à-propos, leur vérité, leur franchise et leur loyauté.

Adèle riait aux éclats, et jusqu'au point de m'embarrasser; mais eu lieu de s'apercevoir qu'elle se moquait de lui, il trouvait sa gaieté, son enjouement et sa joie admirables. Enfin on avertit qu'on avait servi; Adèle le fit asseoir à table près d'elle, et s'en occupa tout le dîner. Elle avait pourtant assez de peine à le faire causer, car il est extrêmement sérieux; il ne parle presque jamais que lorsqu'on l'interroge, et répond toujours avec la même éloquence. Pendant le repas, il ne mangea ni ne refusa rien indifféremment: ce qu'il préférait était toujours sain, salubre et fortifiant; ce qui lui faisait mal était positivement indigeste, pesant et lourd. Au moment de son départ, Adèle l'engagea à revenir souvent; il l'assura que la gratitude, la reconnaissance et l'inclination l'y portaient, autant que sa soumission, son respect et son dévouement. Après m'avoir demandé la permission de soigner, rechercher, cultiver ma connaissance, il se retourna vers monsieur de Sénange, et lui dit que le mariage, qui, chez les autres, lui avait toujours paru mériter la raillerie, la plaisanterie, le ridicule, chez lui inspirait le désir, l'envie et la jalousie; puis, mettant ses pieds à la troisième position, une main dans sa veste, et de l'autre saluant tout le monde avec un air gracieux, il s'en alla.

Adèle le reconduisit, et l'invita encore à revenir bientôt. Je voulus lui parler un peu de cette disposition à la moquerie, de cette manière de s'en préparer les occasions: je lui en fis quelques reproches; elle prit alors le même ton que ce monsieur, et me pria de la laisser rire, s'amuser, se divertir; et de n'être pas plus pédant, prêchant, grondant, qu'il ne l'était lui-même. Elle faisait des rires si extravagans, que sa gaieté me gagna: en dépit de ma raison je lui abandonnai ce parent qui, malgré ses ridicules, a l'air d'un fort bon homme. — Que je suis devenu faible, Henri! Autrefois ce persiflage m'aurait été insupportable; aujourd'hui, non-seulement il m'a diverti malgré moi, mais je l'ai même imité un instant.

Lorsque tout le monde fut parti, Adèle voulut profiter du peu de jour qui restait pour aller se promener. A peine fûmes-nous seuls, qu'elle me reparla de cette lettre. Après m'être amusé quelques momens à l'impatienter encore, je la lui présentai telle qu'on me l'avait remise le matin, car je ne sais quelle complaisance m'avait empêché de l'ouvrir. Elle brisa le cachet : nous nous assîmes au bord de la rivière, et nous la lûmes tous deux ensemble. La supérieure me mandait qu'elle avait fait assembler la communauté; que ses religieuses acceptaient avec gratitude la donation que je leur faisais au nom d'Adèle. Sa reconnaissance avait quelque chose de noble et d'affectueux, qui n'était point mêlé de cette exagération dont les gens du monde accompagnent si souvent les éloges qu'ils croyent vous devoir. Je présentai aussi à Adèle une copie de la lettre que j'avais écrite à la supérieure. "Pardonnez-moi, lui dis-je vivement, pardonnez-moi d'avoir pris votre nom sans vous le dire. Cette bonne oeuvre eût été plus parfaite, si vous l'eussiez dirigée; mais je n'ai pas eu le temps de vous consulter. Entraîné par mon coeur, j'ai désiré, et aussitôt j'ai voulu que votre nom fût connu et invoqué par les malheureux... Que le pauvre, lui dis-je tendrement, que le pauvre fatigué regarde s'il ne découvre point votre demeure! Qu'il s'empresse d'y arriver, la quitte avec regret, et se retourne souvent, en s'en allant, pour la revoir encore, et vous combler de bénédictions!" — Adèle m'écoutait comme ravie; loin de penser à me faire de froids remerciemens, elle me demanda avec émotion de lui apprendre à faire le bien, à mieux user de sa fortune. Nous promîmes ensemble de ne jamais manquer l'occasion de secourir le malheur, et nous regagnâmes doucement la maison, où nous passâmes le reste de la soirée, contens l'un de l'autre, occupés de monsieur de Sénange, et désirant également le rendre heureux.

LETTRE XXVI.

Neuilly, ce 3 septembre.

Ce matin, je suis descendu, avant huit heures, dans le parc: je m'y promenais depuis quelques instans, lorsque j'ai vu Adèle ouvrir sa fenêtre. Je me suis avancé: elle m'a fait signe de ne point parler, de crainte d'éveiller monsieur de Sénange, dont l'appartement est au-dessous du sien..... Henri, que j'aime ce langage par signes! Les mouvemens d'une jeune personne ont tant de grâces; elle fait tant de gestes de trop, de peur de n'être pas entendue! Adèle avançait un de ses jolis bras, qu'elle baissait sur moi, comme pour me fermer la bouche; et elle plaçait en même temps un de ses doigts sur ses lèvres.... Pour me dire seulement un mot obligeant, que j'avais l'air de ne pas comprendre, elle finissait par des signes d'amitié... Je lui montrais le ciel qui était azuré; pas un seul nuage: je regardais sa fenêtre; je faisais quelques pas du côté de l'île, lorsque me retournant encore vers sa fenêtre, je n'y ai plus vu Adèle. Alors, quoiqu'elle ne m'eût pas dit un mot, j'ai été l'attendre au bas de son escalier; elle est arrivée bientôt après, n'ayant qu'un simple déshabillé de mousseline blanche, qui marquait bien sa taille; un grand fichu la couvrait: il n'était que posé sans être attaché. Qu'elle était jolie, Henri! je me suis presque repenti de l'avoir engagée à descendre.

Arrivés au bord de la rivière, elle a bien voulu se confier à mes soins. Nos sommes d'étranges créatures! A peine Adèle a-t-elle été dans cette petite barque, au milieu de l'eau, seule avec moi, que j'ai éprouvé une émotion inexprimable; elle-même s'abandonnait à une douce rêverie. Comment rendre ces impressions vagues et délicieuses, où l'on est assez heureux parce qu'on se voit, parce qu'on est ensemble! Alors un mot, le son même de la voix viendrait vous troubler.... Nous ne nous parlions pas; mais je la regardais et j'étais satisfait! Il n'y avait plus dans l'univers que le ciel, Adèle et moi! Et j'avais oublié l'une et l'autre rive... Ah! que nous devenons enfans dès que nous aimons! Combien de grands plaisirs et de grandes peines naissent des plus petits événemens de la vie! Je la promenai ainsi quelque temps sur cette eau paisible; mais il fallut arriver: dès qu'elle fut descendue dans son île, sa gaieté revint, et son sourire me rendit ma raison. Je rattachai le bateau et nous entrâmes dans les jardins. Les ouvriers n'y étaient pas encore; il n'y avait pas le plus léger bruit. Après quelques momens de silence, nous avons parlé pour la première fois du jour où je l'avais rencontrée aux Champs-Elysées: c'est en même temps que nous avons osé tous deux nous le rappeler. Je l'ai priée de m'apprendre tout ce qui l'avait intéressée avant que je la connusse. Elle s'est assise sur le gazon, m'a permis de me placer auprès d'elle, et m'a raconté les détails de son enfance, le moment où elle est entrée au couvent, l'oubli, l'indifférence de sa mère, qu'elle tâchait d'excuser, les soins, la tendresse des religieuses; enfin, sa première entrevue avec monsieur de Sénange, et les visites qu'il lui faisait ensuite. Quand elle ne parlait que d'elle, son récit était court, elle ne disait qu'un mot; mais lorsque ses compagnes entraient pour quelque chose dans ses souvenirs, elle n'oubliait pas la moindre particularité. Les plaisirs de l'enfance sont si vrais, si vifs, que les plus petites circonstances intéressent.

Je veux, mon cher Henri, vous faire aimer une scène d'un parloir de couvent. — "A la seconde visite de monsieur de Sénange, j'étais, m'a dit Adèle, à la fenêtre de la supérieure, lorsque nous le vîmes entrer dans la cour. On retira de son carrosse une quantité énorme de paniers remplis de fruits, de gâteaux et de fleurs: mes compagnes faisaient des cris de joie, à la vue de tant de bonnes choses. J'allai au parloir de la supérieure; mais j'y arrivai long-temps avant qu'il eût pu monter l'escalier: je le reçus de mon mieux. On posa tous ces paniers sur une table près de la grille; et je demandai à monsieur de Sénange la permission d'aller chercher mes jeunes amies qui, étant à goûter, prendraient chacune ce qu'elles aimeraient davantage. La supérieure le permit, et je courus les appeler. Elles vinrent toutes, et après avoir fait une révérence bien profonde, bien sérieuse, un peu gauche, elles s'approchèrent de lui; mais la vue des paniers fit bientôt disparaître cet air cérémonieux. Comme il était impossible de les faire entrer par la grille, chacune d'elles passait sa main à travers les barreaux, et prenait, comme elle pouvait, les fruits dont elle avait envie. Nous mangeâmes notre goûter avec une gaieté qui amusa beaucoup monsieur de Sénange. Il resta fort long-temps avec nous; et, quand il s'en alla, nous le priâmes toutes de revenir le plutôt possible. Il nous demanda, en souriant, ce qui nous plairait le plus, qu'il vînt sans le goûter, ou le goûter sans lui? Ces demoiselles reprirent leur air poli pour l'assurer qu'elles aimaient bien mieux le revoir. — Et vous, Adèle? me dit-il. Moi, répondis-je gaiement, je regretterais beaucoup l'absent, quel qu'il fût. — Ma franchise le fit rire; il promit de revenir bientôt, et de ne rien séparer.

"Pendant huit jours nous ne parlâmes que de lui. Toutes les pensionnaires auraient voulu l'avoir pour leur père, leur oncle, leur cousin, mais, s'il faut être vraie, aucune ne pensait qu'on pût l'épouser. Nous nous étions accoutumées bien vite à le regarder comme un ancien ami. Sûrement il me préférait à toutes; car un jour il me demanda si je serais bien aise d'être sa femme? Je l'assurai que oui, mais sans y faire grande attention. Peu de jours après, ma mère écrivit à la supérieure qu'elle allait me prendre chez elle. Nous étions à la récréation, lorsqu'on vint m'annoncer cette triste nouvelle. Ce fut véritablement un malheur général: mes compagnes quittèrent leurs jeux, m'entourèrent, et nous pleurâmes toutes ensemble.

"Le lendemain une vieille femme de chambre de ma mère vint me chercher. Mes regrets étaient si vifs que, quoique ce fût la première fois que je sortisse du couvent, rien ne me frappa. J'étais étouffée par mes sanglots, le visage caché dans mon mouchoir. Je ne sais pas encore quel accident fit renverser notre voiture, car je ne me souviens que du moment où vous vîntes nous secourir. Je n'ai pas oublié l'intérêt que vous le témoignâtes; et le jour où je vous aperçus à l'opéra, j'éprouvai un plaisir sensible. Quelque chose eût manqué au reste de ma vie, si je ne vous avais jamais retrouvé.

"A peine étais-je dans la chambre de ma mère, qu'elle me dit sèchement de m'asseoir près d'elle et de l'écouter. Je lui trouvai un air sévère qui me fit trembler; il était impossible que la chose qu'elle avait à m'annoncer ne me parût pas douce en comparaison de mes craintes: aussi, lorsqu'elle m'apprit qu'il ne s'agissait que d'épouser monsieur de Sénange, y consentis-je avec joie. Après avoir obtenu cet aveu, elle voulut bien me renvoyer au couvent, où je devais rester jusqu'au jour de la célébration.

"En rentrant dans la maison, je fis part à la supérieure de mon prochain mariage. Elle me regarda avec des yeux où la pitié était peinte: sa compassion m'effraya; et sans savoir pourquoi, je m'affligeai dès qu'elle parut me plaindre. Ensuite, j'allai dire à mes compagnes que je devais épouser monsieur de Sénange: elles l'apprirent avec une surprise mêlée de tristesse. Bientôt je partageai cette impression que je leur voyais; j'étais inquiète, incertaine: et, dans ce moment, on m'aurait rendu un grand service si l'on m'eût assurée que j'étais fort heureuse, ou très à plaindre. Cependant, peu à peu, réfléchissant sur les vertus de cet excellent homme, mes amies cessèrent de craindre pour mon avenir.

"Le jour suivant, il m'écrivit une lettre si touchante, dans laquelle il paraissait désirer mon bonheur avec un sentiment si vrai, que je sentis renaître toute ma confiance. Je me rappelle encore, avec plaisir, la complaisance qu'il eut pour moi, lorsque nos deux familles étaient réunies pour lire mon contrat de mariage. Pendant cette lecture, qui était une affaire si importante, vous serez peut-être étonné d'apprendre que je ne songeais qu'au moyen de faire signer à la supérieure et à mes compagnes l'acte qui disposait de moi. N'osant pas en parler à ma mère, je le demandai tout bas à monsieur de Sénange; et il le proposa, le voulut, comme si c'était lui qui en eût eu la pensée. La supérieure vint donc avec les pensionnaires; elles signèrent toutes, en faisant des voeux sincères qui ont été exaucés.

"Lorsque les notaires eurent emporté cet acte, qui m'était devenu précieux par les noms de tout ce que j'avais l'habitude d'aimer, je vis entrer quatre valets de chambre de monsieur de Sénange, portant des corbeilles magnifiques, remplies de présens de noces. Les fleurs, les parures, enchantèrent mes compagnes; les plus beaux bijoux m'étaient offerts: ma mère m'en apprenait la valeur, et se chargeait de mes remercîmens. La troisième corbeille renfermait les diamans, qu'on admira beaucoup, et dont la mère me para aussitôt: mais ce qui étonna davantage, fut une paire de bracelets de perles de la plus grande beauté; ce sont les bracelets, me dit-elle en riant, que je portais le jour où je vous vis à l'Opéra. Mes compagnes furent charmées de me voir si brillante. La quatrième corbeille était pleine de jolies bagatelles; c'étaient des présens pour chacune d'elles, car monsieur de Sénange n'oubliait rien.

"Mon frère proposa d'en faire une loterie pour le lendemain: cette idée fut adoptée avec joie, et nous nous séparâmes fort contens les uns des autres. La loterie fut tirée, et le hasard, que je dirigeai, donna à chacune de mes compagnes ce qu'elle aurait choisi. J'obtins la permission d'être mariée dans l'église de mon couvent. A très-peu de différence près, toutes mes journées se passèrent ensuite comme celles dont vous avez été témoin. Depuis votre arrivée, il y a un intérêt de plus; et il est vif, je vous assure, car je serais fort étonnée si, après moi, vous n'étiez pas ce que monsieur de Sénange aime le mieux."

Elle a terminé son récit par ces mots, auxquels j'aurais bien voulu changer quelque chose. — Un jardinier nous a appris qu'il était onze heures. Nous avons couru au bateau: Adèle était inquiète de s'être oubliée si long-temps, et ne savait pas trop comment excuser une pareille étourderie, car monsieur de Sénange déjeune toujours à dix heures précises.

Nous revenions avec cet empressement, ce bruit de la jeunesse qui s'entend de si loin. Adèle a ouvert la porte du salon avec vivacité; mais elle s'est arrêtée saisie, en y trouvant monsieur de Sénange établi dans son fauteuil; il paraissait lire. Dès qu'il nous a vus, il a sonné pour que l'on servît le déjeuner. Il a pris son chocolat sans dire un mot; Adèle n'osait pas lever les yeux, et nous sommes tous restés dans le plus grand silence. Le déjeuner fini, il a repris son livre; Adèle a apporté son ouvrage près de lui, et je suis remonté dans ma chambre.

Que je suis embarrassé de ma contenance! L'air froid et sévère de monsieur de Sénange me glace et m'impose au point que, s'il ne me parle pas le premier, il me sera impossible de lui dire une parole. Ah! cette matinée si douce devait-elle finir par un orage!

LETTRE XXVII.

Ce 3 septembre au soir.

Au lieu de descendre à trois heures, comme à mon ordinaire, j'ai patiemment attendu qu'on vînt me chercher pour dîner; car j'aurais été trop confus de me retrouver, peut-être seul, avec monsieur de Sénange, craignant qu'il ne fût encore fâché ; mais dans la salle à manger, tout fait diversion. Il n'y a que les gens timides qui sachent combien on est heureux, quelquefois, d'avoir à dire qu'une soupe est trop chaude, un poulet trop froid; chaque plat peut devenir un sujet de conversation; et je ne pouvais guère compter sur mon esprit, pour me fournir quelque chose de plus brillent. Mais comme rien n'arrive jamais, ainsi que je le prévois, ou que je le désire, en descendant, les gens m'ont averti qu'on m'attendait pour se mettre à table: j'ai donc été obligé d'entrer dans le salon. Aussitôt qu'Adèle m'a vu, elle s'est levée et a donné le bras à monsieur de Sénange: je me suis rangé sur leur passage; et lorsqu'ils ont été devant moi, je leur ai fait une profonde révérence.... Apparemment que, sans m'en apercevoir, j'avais supprimé depuis long-temps cette grave politesse; car monsieur de Sénange s'est arrêté avec étonnement, m'a regardé depuis la tête jusqu'aux pieds, et m'a rendu mon salut d'une manière si affectée, qu'Adèle a fait un grand éclat de rire. Il a souri aussi: "Venez, m'a-t-il dit, mais ne la laissez plus s'oublier si long-temps: elle ne sait pas encore combien le monde est méchant; et vous seriez inexcusable de la rendre l'objet d'une calomnie." — J'ai voulu répondre; il ne l'a pas permis, et nous sommes allés nous mettre à table. Pendant le repas, il m'a parlé avec encore plus d'amitié qu'à l'ordinaire, a traité Adèle avec plus de considération; lui a demandé souvent son avis, même sur des choses indifférentes; et regardant ses gens avec un sérieux presque sévère, que je ne lui avais jamais vu, il m'a prouvé qu'il fallait rappeler leur respect, lorsqu'on voulait prévenir leurs malignes observations.

Quoiqu'il soit venu beaucoup de monde après dîner, Adèle a trouvé moyen de m'apprendre que, le matin, monsieur de Sénange étant resté encore long-temps sans lui parler, cela lui avait fait tant de peine, qu'elle s'était mise à pleurer, sans rien dire non plus; qu'alors il lui avait demandé ce qui l'affligeait, et qu'elle lui avait répondu qu'elle craignait de l'avoir fâché. — Non, a-t-il repris, mais j'ai été malheureux de voir que vous pouviez m'oublier. — Elle l'a assuré que jamais elle n'avait été plus occupée de lui, et lui a raconté tout ce qu'elle m'avait dit de son mariage, de sa reconnaissance, des pensionnaires, des goûters. "A mesure que je lui parlais, m'a-t-elle dit, la sérénité revenait sur son visage." *Je vous crois*, a-t-il répondu; *mais ceux qui ne vous connaissent pas auraient pu interpréter bien mal une promenade si longue, et à une heure si extraordinaire.* "J'ai promis d'être plus attentive, et il n'a plus voulu qu'il en fût question." — Qu'il est bon! Henri, et quelle humeur j'aurais eue à sa place! Mais ne parlons plus de cet instant de trouble; c'est demain un jour de bonheur et de joie pour cette maison: demain nous célébrons la convalescence de monsieur de Sénange: combien il va jouir de la fête qu'Adèle lui prépare!

LETTRE XXVIII.

Ce 4 septembre.

Ah! jamais, jamais je ne me promettrai aucun plaisir; et même j'attendrai mes chagrins des choses qui plaisent ou qui réussissent aux autres hommes. — Légère Adèle, comme je vous aimais! — Au surplus, j'ai moins perdu qu'elle; c'est sa vie entière que j'espérais rendre heureuse; et sa coquetterie ne me causera que la peine d'un moment. Mais je suis trop agité pour écrire à présent: demain je vous raconterai tous les détails de cette fête que, pour l'amour d'elle, j'avais si vivement désirée…

LETTRE XXIX.

Ce 5 septembre.

Hier matin, en descendant, je trouvai Adèle dans une galerie que monsieur de Sénange n'occupe que lorsqu'il a beaucoup de monde. Elle l'avait destinée à être la salle du bal: une place particulière, entourée de tous les attributs de la reconnaissance, était réservée pour monsieur de Sénange. Adèle vint au-devant de moi, et, sans me laisser le temps de parler, elle me pria d'aller lui tenir compagnie, et surtout d'empêcher qu'il ne la fît demander. Je voulus lui dire combien j'étais heureux du plaisir qu'elle allait avoir; elle ne m'écouta point. Je commençai deux ou trois phrases qu'elle interrompait toujours, en me disant de m'en aller. Cette vivacité m'impatientait un peu; cependant, je lui obéis, et j'entrai chez monsieur de Sénange. Il posa son livre, et me dit en riant que son vieux valet de chambre l'avait mis dans le secret; mais qu'il jouerait l'étonnement de son mieux, afin de ne rien déranger à la fête. — Nous entendions un bruit horrible de clous, de marteaux, de mouvement de meubles; et il s'amusait beaucoup de la bonne foi avec laquelle Adèle croyait qu'il ne s'apercevait point de tout ce tracas. — A dix heures précises, il me dit d'aller la chercher pour déjeuner; car il faudra être prêt de bonne heure, ajouta-t-il. Je revins avec elle; il eut la complaisance de se dépêcher, et bientôt il nous quitta, en disant, assez naturellement, qu'il allait passer dans sa chambre.

A peine fut-il sorti du salon, qu'Adèle le fit orner de fleurs, de guirlandes et de lustres. A midi, elle alla faire sa toilette; et, à près de deux heures, elle m'envoya prier de descendre chez monsieur de Sénange. Dès que j'y fus, on vint l'avertir que quelques personnes l'attendaient. Il se leva en me regardant mystérieusement, prit mon bras, et entra dans le salon: il y trouva ses amis qui s'étaient réunis pour l'embrasser et le féliciter sur sa convalescence. Tout le village vint aussitôt, les vieillards, la jeunesse, les enfans; il fut parfait pour tous. — Adèle le conduisit sur une pelouse qui borde la rivière: elle y avait fait placer une grande table, autour de laquelle ces bonnes gens se rangèrent; mais avant de s'asseoir pour dîner, chacun d'eux prit un verre, et but à la santé de leur bon seigneur: *à sa longue santé!* s'écria Adèle; *à sa longue santé!* reprirent-ils tous à la fois.

Lorsqu'ils furent assis, nous revînmes dans la salle à manger; monsieur de Sénange fut fort gai pendant le repas. Nous étions encore au dessert, quand nous entendîmes le bruit d'une voiture, et vîmes paraître madame la duchesse de Mortagne, son fils et ses deux filles. Je reconnus l'aînée; c'était cette jeune pensionnaire, belle et modeste, qu'Adèle préférait à toutes, et dont j'avais été frappé dans les classes du couvent. Elle présenta son frère à son amie, qui le présenta, à son tour, à monsieur de Sénange, en lui disant qu'elle avait prié ses compagnes d'amener chacune un de leurs parens, afin que son bal ne manquât pas de danseurs.

Plusieurs voitures se succédèrent; et avant six heures, quarante jeunes personnes offrirent des fleurs, des voeux, pour le bonheur et la santé de ce bon vieillard: elles chantèrent une ronde faite pour lui; Adèle commençait, et elles répétaient ensuite chaque couplet, toutes ensemble. Ce moment fut fort agréable, mais passa bien vite. Après qu'il les eut remerciées, le bal commença. Elles furent toutes très-gaies: Adèle dit qu'elle désirait ne pas danser, pour s'occuper davantage des autres.

Je n'avais pas l'idée d'un besoin de plaire semblable à celui qu'elle a montré. Jamais on ne la trouvait à la même place: elle parlait à tout le monde; aux mères, pour louer leurs enfans.... aux filles, pour demander ce qui pouvait leur plaire.... aux jeunes gens, pour les remercier d'être venus.... Réellement, j'étais confondu; elle me paraissait une personne nouvelle. — Elle ne me regarda, ni ne me parla de la journée. J'essayai un moment d'attirer son attention, en me plaçant devant elle, comme elle traversait la salle; mais elle se détourna, et alla causer avec monsieur de Mortagne, dont la danse brillante fixait les regards de tout le monde. J'entendis Adèle le plaisanter sur ses succès. — Il la pria de danser avec lui: et elle qui, dès le commencement du bal, n'avait pas voulu danser, pour mieux faire les honneurs de sa maison; elle qui avait refusé tous les autres hommes, après s'être très-peu fait prier, l'accepta pour une contre-danse! — Il faut être vrai, Henri, ils avaient l'air bien supérieurs aux autres. On fit un cercle autour d'eux pour les voir et les applaudir. Adèle, enivrée d'hommages, voulut danser encore, et toujours avec monsieur de Mortagne. Se reposait-elle un instant? il s'asseyait près de sa chaise. — Désirait-elle quelques rafraîchissemens? il courait les lui chercher. — Parlait-on d'une danse nouvelle? il était trop heureux de la suivre ou de la conduire. — Enfin, ils ne se quittèrent plus.... Il jouait avec son éventail, tenait un de ses gants qu'elle avait ôtés, et elle riait de ses folies. — Son bouquet tomba, il le ramassa, le mit dans sa poche, et elle le lui laissa. Je n'ai jamais vu de coquetterie si vive de part et d'autre.

A onze heures, les fenêtres du jardin s'ouvrirent, et l'on aperçut une très-belle illumination. Partout étaient les chiffres de monsieur de Sénange, partout des allégories à la reconnaissance; et Adèle ne pensa seulement pas à les lui faire remarquer.... Entraînée par mesdemoiselles de Mortagne et leur frère, elle courait dans les jardins. Je ne la suivis point; car je puis être tourmenté, mais je ne m'abaisserai jamais jusqu'à être importun.

Monsieur de Sénange craignant l'air du soir, n'osa pas se promener, et resta avec moi. Bientôt nous entendîmes sur la rivière une musique charmante; et les vifs applaudissemens de tout cette jeunesse nous firent juger combien Adèle était contente d'elle-même. Vers minuit on commença à rentrer.

Madame de Mortagne revint, et pria monsieur de Sénange de faire rappeler ses enfans: après bien des cris et des courses inutiles, ils arrivèrent avec Adèle. Monsieur de Mortagne, en la quittant, lui demanda la permission de venir lui faire sa cour.... Elle lui répondit qu'elle serait très-aise de le voir, sans se rappeler qu'elle m'avait fait défendre sa porte long-temps, sous le prétexte que sa mère lui avait recommandé de ne recevoir personne pendant son absence. Elle embrasse ses soeurs avec plus de tendresse qu'elle n'avait fait aucune de ses compagnes.

Lorsqu'elles furent toutes parties, monsieur de Sénange remercia sa femme avec une bonté que je trouvai presque ridicule: car si elle avait imaginé cette fête pour lui, au moins l'avait-elle bientôt oubliée pour en jouir elle-même. — Comme elle montait dans sa chambre, elle daigna s'apercevoir que j'étais déjà au haut de l'escalier, et elle me dit assez légèrement: *Bonsoir, Mylord!* — *Vous auriez pu me dire bonjour*, lui répondis-je froidement. — *Pourquoi donc?* — *Parce que vous ne m'avez pas vu de la journée.* — *Vous voulez dire parce que je ne vous ai pas remarqué*, reprit-elle avec ironie. — Je ne lui laissai pas le plaisir de se moquer de moi davantage, et je gagnai le corridor qui conduit à mon appartement. Au détour de l'escalier, je vis qu'elle était restée sur la même marche où elle m'avait parlé, et me suivait des yeux; elle croyait peut-être que je m'arrêterais un instant; mais je rentrai tout de suite dans ma chambre. — Je vous avais bien dit, Henri, qu'elle était coquette; cependant, j'avoue que je n'aurais jamais cru qu'il fût possible de l'être à cet excès. Certes je ne suis point jaloux, car je voudrais pouvoir l'excuser: je voudrais même me persuader qu'un sentiment de préférence l'entraînait vers ce jeune homme; alors du moins elle pourrait m'intéresser encore!..... Mais elle le voyait pour la première fois!... Que dis-je, pour la première fois? Peut-être l'a-t-elle connu au couvent lorsqu'il y venait voir ses soeurs. Elle ne l'a jamais nommé, de crainte de se laisser pénétrer. Qui sait si cette fête n'a pas été imaginée pour l'introduire dans la maison? Et voilà cette sincérité que j'adorais, et qui n'était qu'un raffinement de coquetterie! — Ah! sans les égards que je dois à monsieur de Sénange, je serais parti cette nuit même, et elle ne m'aurait jamais revu, mais je ne resterai pas long-temps, je vous assure: demain je remettrai son portrait, que j'ai eu la faiblesse de garder jusqu'à présent.

LETTRE XXX.

Même jour.

Je n'ai à me plaindre de personne; Adèle même n'a point de tort avec moi. Ce n'est pas elle qui a cherché à m'aveugler; c'est moi, insensé! qui prenais plaisir à l'embellir, à la parer de toutes les qualités que je lui désirais, à me persuader que les défauts que je lui connaissais n'existaient plus, parce qu'ils n'avaient plus l'occasion de se montrer... Elle ne se donnait pas la peine de paraître bien; elle ne faisait que suivre ses premiers mouvemens, et il y avait plus de bonheur que de réflexion dans sa conduite. — Il m'aurait été trop pénible de la revoir ce matin; j'ai fait dire qu'ayant été incommodé, je ne descendrais pas pour le déjeuner: mais j'entends du bruit dans le corridor: .... c'est la marche de monsieur de Sénange... la voix d'Adèle.... On frappe à ma porte.... ah! vient-elle jouir de ma peine?...............

Ce sont eux, Henri, qui, inquiets de ce que je ne descendais point, sont venus voir si je n'étais pas plus malade qu'on ne le leur avait dit. Monsieur de Sénange, appuyé sur le bras d'Adèle, est entré en me disant qu'en bons maîtres de maison, ils désiraient savoir si je n'avais besoin de rien?... Il s'est assis près de moi, et m'a questionné avec beaucoup d'intérêt sur ma santé. Pendant ce temps, Adèle est restée debout, sans parler, précisément comme si elle ne fût venue que pour le conduire. Elle était pâle; elle n'a pas levé les yeux.... j'étais assez faible pour souffrir de son embarras. Je sais qu'en France les femmes se permettent d'entrer dans la chambre d'un homme qui se trouve malade chez elles à la campagne; mais le souvenir de nos usages donnait à la visite d'Adèle un charme qui me troublait malgré moi. Que je voudrais que cette maudite fête n'eût jamais eu lieu!.... Elle ne m'a rien dit; seulement, en s'en allant, elle m'a demandé si je descendrais dîner? — Je lui ai répondu que je serais dans le salon à trois heures.

Depuis que je l'ai revue, Henri, je me sens plus calme; j'avais tort de craindre sa présence, je ne l'aime plus.... mais je sens un vide que rien ne peut remplir. Adèle occupait toute ma pensée, était l'unique objet de tous mes voeux;.... ce qui m'entoure, m'est devenu étranger.... Adèle n'est plus Adèle.... Il me semble aussi que monsieur de Sénange n'est plus le même.... et moi!.... moi!.... que ferai-je de moi?...

LETTRE XXXI.

Même jour.

Comment oser l'avouer? j'ai trouvé qu'elle avait raison, que j'étais trop heureux: je vous assure que j'ai été injuste; écoutez-moi. — A trois heures, je suis descendu dans le salon, ainsi que je l'avais promis. Adèle travaillait; elle ne m'a pas regardé; j'ai cru apercevoir qu'elle pleurait. Ne me sentant plus la force de lui faire aucun reproche, je me suis éloigné, et j'ai été prendre, le plus indifféremment que j'ai pu, un livre à l'autre bout de la chambre. Elle continuait son ouvrage sans lever les yeux: bientôt j'ai vu de grosses larmes tomber sur son métier: toutes mes résolutions m'ont abandonné; je me suis rapproché, et, eutraîné [sic] malgré moi, "Adèle, lui ai-je dit, je n'existais que pour vous! daigneriez-vous partager une si tendre affection? pouvez-vous seulement la comprendre?" — Elle a levé les yeux au ciel: nous avons entendu le pas de monsieur de Sénange; j'ai été reprendre mon livre.

Peu de temps après nous avons passé dans la salle à manger: j'ai essayé d'amuser monsieur de Sénange, mais il y avait trop d'efforts dans ma gaieté pour pouvoir y réussir. Adèle n'a pas dit un mot. En sortant de table je l'ai priée tout bas de m'écouter un instant avant la fin du jour: elle l'a promis par un signe de tête. Selon notre usage, j'ai joué aux échecs avec monsieur de Sénange; il m'a gagné, ce qui lui arrive rarement.

A six heures, il est venu du monde: Adèle a proposé une promenade générale: elle l'a suivie quelque temps; mais peu à peu elle a ralenti sa marche, et nous nous sommes trouvés seuls, assez loin de la société. J'avais mille questions à lui faire, et cependant j'étais si troublé, qu'il ne m'en venait aucune. Enfin, je lui ai demandé si elle connaissait monsieur de Mortagne avant le bal: elle m'a assuré que non. "Monsieur de Mortagne, m'a-t-elle dit, est un parent très-éloigné de ma mère, et le chef de sa maison. Quoiqu'elle l'ait toujours recherché avec soi, elle n'a jamais permis que je le visse au couvent: depuis que j'en suis sortie, vous savez dans quelle solitude j'ai vécu. J'aime beaucoup ses soeurs; mais monsieur de Mortagne, je ne le connais pas." — Pourquoi donc avez-vous été si coquette avec lui? — Qu'appelez-vous coquette, m'a-t-elle demandé avec son ingénuité ordinaire? Comment! me suis-je écrié, vous ne le savez pas? c'est involontairement que vous l'avez si bien traité! — Elle m'a répondu qu'elle ne savait ni la faute qu'elle avait commise, ni ce qui m'avait fâché. "Dans le commencement du bal, m'a-t-elle dit, vous regardant comme de la maison, j'ai cru qu'il était mieux de s'occuper des autres: à la fin, la gaieté de mes compagnes m'a gagnée; tout le monde me priait de danser; j'en avais bien envie: monsieur de Mortagne danse mieux que personne, et je l'ai préféré." — Mais il tenait vos gants; il a gardé votre bouquet! — "J'ai trouvé très-singulier, très-ridicule, qu'il y attachât du prix; et je les lui ai laissés, parce que je n'y en mettais aucun." — Vous ne savez donc pas, Adèle, que ce sont des faveurs que je n'aurais jamais pris la liberté de vous demander; et si quelquefois j'ai gardé les fleurs que vous aviez portées, au moins n'ai-je pas osé vous le dire. — ["]Pourquoi?" m'a-t-elle répondu avec tristesse, "cela m'aurait appris à n'en laisser jamais à d'autres." — A ces mots, Henri, j'ai tout oublié: je lui ai juré de lui consacrer ma vie. — La plus tendre reconnaissance s'est peinte dans ses yeux; elle me remerciait d'un air étonné, et comme si j'eusse été trop bon de l'aimer autant. — Quelle ravissante simplicité! Bientôt toute la compagnie nous a rejoints; il a fallu la suivre.

Le reste du jour, toutes les expressions innocentes, délicates, dont Adèle s'était servie, sont revenues à mon esprit, quelquefois encore avec un sentiment d'inquiétude que je me reprochais. Je suis heureux: je me le dis, je me le répète; maintenant, je suis obligé de me le répéter, pour en être sûr. Combien on devrait craindre de blesser une ame tendre! elle peut guérir; mais qu'un rien vienne la toucher, si elle ne souffre pas, elle sent au moins qu'elle a souffert. Je suis heureux; et pourtant une voix secrète me dit que je ne pourrais pas voir une fête, un bal, sans une sorte de peine; le son d'un violon me ferait mal. Ah! mon bonheur ne dépend plus de moi.

Ce soir, mon valet de chambre m'a remis une lettre qu'il m'a dit avoir été apportée avec mystère, et qui m'oblige d'aller à Paris dans l'instant. Une femme très-malheureuse, dont je vous ai déjà parlé, implore mon secours: sans doute elle a vu combien elle m'inspirait de pitié. Je ne puis trouver le moment d'apprendre à Adèle la raison qui me force à m'éloigner. Je n'ose pas lui écrire non plus; car cela pourrait paraître extraordinaire.... mais je ne serai qu'un jour loin d'elle.... cependant, si cette courte absence, surtout au moment de notre explication, allait lui déplaire!... Oh! non.... elle ne saurait soupçonner un coeur comme le mien.

LETTRE XXXII.

Paris, ce 6 septembre.

Voici la lettre qui m'a fait partir si brusquement; jugez, Henri, si je pouvais m'en dispenser.

Copie de la lettre de la soeur Eugénie, religieuse au couvent où Adèle a été élevée.

"C'est moi, Mylord, qui ose m'adresser à vous; c'est cette jeune religieuse qui faisait la prière le jour que vous vîntes voir le service des pauvres, au couvent de Sainte-Anastasie. Il me parut alors que vous deviniez la douleur dont j'étais accablée. J'aperçus dans vos regards un sentiment de compassion qui adoucit un peu mes profonds chagrins; je bénis votre bonté; je vous dus un bien incalculable pour les malheureux, celui de cesser un moment de penser à moi! celui plus grand encore d'oser prier le ciel pour vous, Mylord, qui, peut-être, n'avez aucun désir à former. Hélas! depuis long-temps, j'ai cessé d'invoquer Dieu pour moi-même; pour moi, qui l'offense sans cesse, qui, tour à tour, gémissant sur mon état, ou succombant sous le poids des remords, vis dans le désespoir du sacrifice que j'ai fait à la vanité. Mais, permettez-moi de chercher à m'excuser à vos yeux; pardonnez, si j'ose vous occuper un instant de moi, et vous parler des peines qui m'ont poursuivie depuis que je suis au monde.

"J'avais huit ans, lorsque ma mère mourut; je la pleurai alors avec toute la douleur qu'un enfant peut éprouver; mais je ne sentis véritablement l'étendue de la perte que j'avais faite, qu'après que l'âge m'eut appris à comparer, et que le bonheur de mes compagnes m'eut en quelque sorte donné la mesure de ma propre infortune. Alors il me sembla que ma mère m'était enlevée une seconde fois: je lui donnai de nouvelles larmes, et je repris un deuil que je ne quitterai jamais.

"Depuis, toutes les années de ma jeunesse ont été marquées par l'adversité. Mon père mourut de chagrin, à la suite d'une banqueroute qui lui enlevait tout son bien. Un seul de ses amis me conserva de l'intérêt; je le perdis avant qu'il eût pu assurer mon sort. Il ne me restait plus que quelques parens éloignés; les religieuses leur écrivirent. Les uns refusèrent de se charger de moi; d'autres ne répondirent même pas: enfin, Mylord, que vous dirai-je? je me vis à dix-sept ans sans amis, sans famille, sans protecteurs, à la veille d'éprouver toutes les horreurs de la plus affreuse pauvreté.

"On avait cru soigner beaucoup mon éducation, en m'apprenant à chanter, à danser; mais je ne savais exactement rien faire d'utile: d'ailleurs j'aurais rougi alors de travailler pour gagner ma vie, et j'étais encore plus humiliée qu'affligée de ma misère. Les religieuses seules m'avaient témoigné quelque pitié: leur retraite me parut une ressource contre les malheurs qui m'attendaient. Elles s'engagèrent à me recevoir sans dot, si je pouvais supporter les austérités de la maison. L'effroi de me trouver sans asile, si elles ne m'admettaient pas, me donna une exactitude à suivre la règle, qu'elles prirent pour de la ferveur. Tout entière à cette crainte, je passai l'année d'épreuve, sans considérer une seule fois l'étendue de l'engagement que j'allais contracter. Je n'avais devant les yeux que le malheur et l'humiliation où je serais plongée, si elles me rejetaient dans le monde. Mais, comme celui qui tombe et meurt en arrivant au but, le jour même que je prononçai mes voeux, fut le premier instant où les plus tristes réflexions vinrent me saisir. Le soir, en rentrant dans ma cellule, je pensai avec terreur que je n'en sortirais que pour mourir. Je la regardai pour la première fois. Imaginez, Mylord, un petit réduit de huit pieds carrés, une seule chaise de paille, un lit de serge verte, en forme de tombeau, un prie-dieu, au-dessus duquel était une image représentant la mort et tous ses attributs. Voilà ce qui m'était donné pour le reste de ma vie!.... Je regardai encore la petitesse de cette chambre; et, involontairement, j'en fis le tour à petits pas, me pressant contre le mur, comme si j'eusse pu agrandir l'espace, ou que ce mur dût fléchir sous mes faibles efforts: je me retrouvai bientôt devant cette image, qui m'annonçait ma propre destruction. En l'examinant plus attentivement, j'aperçus qu'on y avait écrit une sentence de Massillon: je pris ma lampe, et je lus que le premier pas que l'homme fait dans la vie, est aussi *le premier qui l'approche du tombeau*. Ces idées m'accablaient; je retombai sur ma chaise. Reprenant ensuite quelques forces, je m'approchai encore de ce tableau; je le détachai pour le considérer de plus près. Mais comme il suffit, je crois, d'être malheureux, pour que rien de ce qui doit déchirer l'ame n'échappe à l'attention; après avoir lu, regardé, relu, je le retournai machinalement, et ce fut pour voir ces paroles de Pascal, écrites d'une main tremblante (1) [(1) Lorsqu'une religieuse meurt, sa cellule, ainsi que tout ce qui lui a appartenu, passe à la nouvelle postulante; ces paroles avaient été probablement écrites par la dernière qui avait occupé cette chambre.]: *Si l'éternité existe, c'est bien peu que le sacrifice de notre vie pour l'obtenir; et si elle n'existe pas, quelques années de douleur ne sont rien*.... Ce doute sur l'éternité, ma seule espérance; ce doute qui ne s'était jamais offert à moi, m'épouvanta; je me jetai à genoux. Je ne regrettais pas ce monde que j'avais quitté, et qui m'effrayait encore; mais les voeux éternels que je venais de prononcer me firent frémir. Je versais des larmes, sans pouvoir dire ce que j'avais; je me désolais, sans former aucun souhait; je ne sentais qu'un mortel abattement, dont je ne sortais que par des sanglots prêts à m'étouffer. Enfin, je fus rendue à moi-même par le son de la cloche qui nous appelait à l'église; je m'y traînai. Ma voix qui, jusque-là, s'était fait entendre par dessus celle de toutes mes compagnes, ma voix était éteinte: j'étais debout, assise comme elles, suivant tous les mouvemens, sans savoir ce que je faisais. Après l'office, les religieuses se mirent à genoux, pour faire chacune tout bas une prière particulière à sa dévotion. Je me prosternai aussi. A cette même place, où la veille encore, j'avais invoqué le ciel avec tant de confiance, je joignis mes mains avec ardeur; et, baignée de larmes, je m'humiliai devant Dieu; je lui demandai, je le suppliai, de détruire en moi le sentiment et la réflexion. Je sortis de l'église avec mes compagnes; et, pendant quelques jours, je fus un peu plus tranquille: mais je n'étais plus la même; tout m'était devenu insupportable.

"La supérieure, dont la bonté est celle d'un ange, lisait dans mon ame. J'en jugeais aux consolations qu'elle me donnait; car jamais un reproche n'est sorti de sa bouche: jamais non plus elle n'a voulu entendre mes douleurs. Un jour que, seule avec elle, je me mis à fondre en larmes, les siennes coulèrent aussi: *Pleurez, mon enfant*, me dit-elle, *pleurez; mais ne me parlez point. En voulant exciter la compassion des autres, on s'attendrit soi-même: on passe en revue tous ses maux; et s'il est quelque circonstance qui nous ait échappé, on la retrouve, et elle nous blesse long-temps. D'ailleurs, vous vous révolteriez si, désirant vous donner du courage, je m'efforçais de vous persuader que vous êtes moins à plaindre. Votre faiblesse s'autoriserait de ma pitié, pour se laisser aller au désespoir; et vous imagineriez peut-être, qu'il n'est point d'exemple d'un malheur semblable au vôtre.... Combien vous vous tromperiez!.... Interdisez-vous donc la plainte, ma chère enfant: mais soyez avec moi sans cesse; et, puissiez-vous faire usage de ma raison et de la vôtre!*

"Depuis cet instant, je ne la quittai plus. Souvent je me désolais; et elle ne paraissait y faire attention que pour essayer de me distraire. Quelquefois, je riais jusqu'à la folie; alors elle me regardait avec compassion, mais sans me montrer jamais ni impatience ni humeur. — Le croiriez-vous, Mylord! son inaltérable douceur me fatigua; combien il fallait que le malheur m'eût aigrie! Bientôt, loin de la chercher, je l'évitai; je m'enfonçai dans ma cellule, pour être seule: et là, je pensais sans cesse à cet état, où l'on ne conserve de la vie que les tourmens; où, tous les jours, toutes les heures de chaque jour se ressemblent; à cet état, qui serait la mort, si l'on pouvait y trouver le calme. Ma santé dépérissait; j'allais succomber, lorsqu'un jour, que la supérieure était venue me retrouver dans ma chambre, on accourut l'avertir que tout un pan de mur du jardin était tombé. Elle y alla; je la suivis: la brèche était considérable; et je ne saurais vous rendre le sentiment de joie que j'éprouvai, en revoyant le monde une seconde fois. A cet instant, je ne me sentis plus; je riais, je pleurais tout ensemble. Les religieuses arrivèrent successivement; la supérieure, pour leur cacher mon trouble, me renvoya. Le lendemain, dès cinq heures du matin, j'étais dans le jardin; cette brèche donnait dans les champs, et me laissait apercevoir un vaste horizon. Je contemplai le lever du soleil avec ravissement. La petitesse de notre jardin, la hauteur de ses murs, nous empêchent de jouir de ce beau spectacle. Je me mis à genoux; mon coeur m'échappa, comme malgré moi; et, dans ce moment d'émotion, je fis une courte prière avec ma première ferveur. Ce jour, je retournai à l'église, je chantai l'office, et j'y trouvai même une sorte de plaisir.

"La faiblesse de ma santé me laissait une liberté dont les religieuses ne jouissent que lorsqu'elles sont malades. J'en profitais, pour ne plus quitter le jardin; mais sans oser franchir la ligne où le mur avait marqué la clôture: car, dès que la possibilité de sortir se fut offerte, les malheurs qui m'attendaient dans le monde se présentèrent à mon esprit plus fortement que jamais. — Je restais des jours entiers sur un banc, qui est en face de cette brèche; souvent sans me rappeler le soir une seule des réflexions qui m'avaient fait tant souffrir. — La supérieure fit venir les ouvriers; l'architecte décida qu'il fallait abattre encore une portion de ce mur avant de le réparer. Chaque coup de marteau, chaque pierre qu'on emportait, me donnait un mouvement de joie; il semblait que la paix rentrât dans mon ame à mesure que l'espace s'étendait. Mais bientôt ils atteignirent l'endroit où ils devaient s'arrêter. Rien ne pourrait vous peindre le saisissement que j'éprouvai, lorsqu'un matin, venant, comme à l'ordinaire, pour m'établir sur ce banc, j'aperçus qu'il y avait une pierre de plus que la veille: on commençait à rebâtir!... Je jetai un cri d'effroi, et cachant ma tête dans mes mains, je courus vers ma cellule, comme si la mort m'eût poursuivie: j'y restai jusqu'au soir, anéantie par la douleur. Ce même jour vous entrâtes dans le monastère avec madame de Sénange; je ne le sus qu'à l'heure du service des pauvres, seul devoir auquel je n'avais jamais manqué. Votre regard, votre pitié, seront toujours présens à mon coeur. Le lendemain, la supérieure m'apprit par quel hasard vous aviez eu la curiosité de voir notre maison. Elle me parla avec attendrissement de votre extrême bonté, de cette bonté qui va au-devant de tous les infortunés, et qui les secourt d'abord, sans s'informer s'ils ont raison de se plaindre. Avec quelle reconnaissance elle me parla aussi de la donation que vous veniez de faire à notre hôpital! Vous avez vu ces malheureux un moment; et vos bienfaits les suivront par delà votre existence.... Ah! j'ose vous en remercier, moi, que le malheur unit, attache, à tout ce qui souffre!

"Les jour suivans, je retournai au jardin; je m'y traînais lentement, comme on marche au supplice; je crois qu'une force surnaturelle m'y conduisait... Ce mur s'élevait avec une rapidité qui me désespérait. Quelquefois, ne pouvant plus supporter l'activité des ouvriers, je fermais les yeux, et restais là, absorbée dans mes vagues et sombres rêveries. En me réveillant de cette espèce de sommeil, leur travail me paraissait doublé; je m'éloignais, mais sans être plus tranquille. Absente, présente, jour et nuit, à toute heure, je voyais ce mur, éternellement ce mur, qui s'avançait pour refermer mon tombeau. Je ne priais plus, car je n'osais rien demander. Alors Dieu, oui, Dieu, sans doute, rejetant un sacrifice profané par les motifs humains qui m'avaient décidée, Dieu m'inspira de m'adresser à vous. J'espérai dans votre bonté si compatissante. Cependant, la première fois que la pensée de manquer à mes voeux se présenta, je la repoussai avec horreur; mais hier, le mur était presque achevé!.... encore un instant, et votre pitié même ne pourrait plus me secourir.... Arrachez-moi d'ici, mylord, arrachez-moi d'ici. Demain, à la pointe du jour, je me trouverai sur ce mur; les décombres m'aideront à monter: si vous daignez vous y rendre, je vous devrai plus que la vie. Mylord, ne rejetez pas ma prière: au nom de tout le bonheur que vous devez attendre, des peines que vous pouvez craindre, ayez pitié de moi.

Soeur EUGENIE."

P.S. "Mylord, je n'abuserai point de votre bienfaisance; je refuserais la fortune, s'il fallait avec elle vivre dans l'oisiveté. Placez-moi dans une ferme; donnez-moi des travaux pénibles, un désert où je puisse au moins fatiguer mon inquiétude. Mylord, songez que vous pouvez prononcer mon malheur éternel."

Il était près de onze heures lorsque je reçus cette lettre; n'ayant pas le temps d'envoyer chercher des chevaux à Paris, je me fis mener par un des cochers de monsieur de Sénange: un peu d'argent me répondit de son zèle et de sa discrétion. Je montai en voiture avec mon fidèle John; nous fûmes bientôt arrivés. Je reconnus facilement la portion de mur qui venait d'être bâtie; cette pauvre religieuse n'y était pas encore. Nous eûmes le temps de rassembler des pierres pour nous approcher de la hauteur de cette brèche. Je commençais à craindre qu'elle n'eût rencontré quelqu'obstacle, lorsque je la vis paraître; elle se laissa glisser doucement, et nous la reçûmes sans qu'elle se fût fait aucun mal. Epuisée par la violence de tous les sentimens qu'elle venait d'éprouver, elle s'évanouit. Nous la portâmes dans la voiture, que je fis partir bien vite. L'agitation et le bruit la rappelèrent à la vie; et ce fut par une abondance de larmes qu'elle manifesta sa joie, lorsque je lui dis "qu'elle était libre, et que l'honneur et le respect veilleraient sur son asile."

Nous arrivâmes à l'hôtel garni où j'ai conservé mon appartement. Elle s'était enveloppée avec tant de soin, qu'on ne pouvait deviner son état de religieuse. Je lui parlais avec les égards les plus respectueux, pour prévenir la première pensée qui aurait pu naître dans l'esprit des gens de la maison. Son visage était pâle; ses grands yeux noirs, presqu'éteints, suivaient sans intérêt les personnes qui marchaient dans la chambre. Je m'aperçus bientôt que son abattement, cet air résigné de la vertu souffrante, intéressaient l'hôtesse: j'en profitai pour lui recommander de ne pas la quitter un instant: et, me rapprochant d'Eugénie, je lui fis sentir combien il serait dangereux que cette femme pénétrât son secret. Je pensais bien qu'elle ne le dirait pas, car je la savais sensible et bonne; mais je croyais qu'en forçant ainsi Eugénie à dissimuler sa peine, elle la sentirait moins vivement…. Mon cher Henri, on fait bien des découvertes dans le coeur humain, lorsqu'on a un véritable désir de porter du soulagement aux ames malheureuses. Combien une sensibilité délicate aperçoit de moyens au-delà de cette pitié ordinaire, qui ne sait plaindre que les maux du corps et les revers de la fortune! — La crainte de parler, l'envie de laisser dormir sa garde, la fatigue, auront contribué à faire assoupir quelques momens ma pauvre religieuse.

Ce matin, elle s'est rendue dans le salon dès qu'elle a su que je l'y attendais. J'ai cherché les choses les plus rassurantes et les plus douces à lui dire: je lui ai présenté les soins que je lui rendais comme un devoir; c'était son frère, un ancien ami, qui était auprès d'elle. Je suis parvenu à éloigner ainsi toutes les expressions de la reconnaissance; et nous n'avons parlé que de son départ pour l'Angleterre, de son établissement, quand elle y serait, que comme d'affaires qui nous étaient communes. Nous avons été d'avis qu'il fallait partir sur-le-champ, pour être certain d'échapper à toutes les poursuites; quoique j'espère que l'esprit et la bonté de la supérieure l'engageront à ne commencer les démarches auxquelles sa place l'oblige, que lorsqu'elle sera bien sûre de leur inutilité. John, à qui je puis me fier, la conduira chez le docteur Morris, chapelain de ma terre. Elle trouvera dans sa respectable famille, sinon de grands plaisirs, au moins la tranquillité; et elle a tellement souffert, que la tranquillité sera pour elle le bonheur.

Adieu, je vais retrouver Adèle; j'y vais plus satisfait encore qu'à mon ordinaire; car, j'ai à moi une bonne action de plus.

LETTRE XXXIII.

Neuilly, ce 7 septembre.

Adèle est malade; elle a refusé de me voir. Cependant, monsieur de Sénange est calme: il m'a dit, d'un air assez indifférent, qu'on ne savait pas encore ce qu'elle avait, mais que ce ne serait vraisemblablement rien. — Rien! et elle ne veut pas me recevoir... Les gens vont dans la maison comme à l'ordinaire.... Je ne vois point entrer de médecin. Il me semble qu'il y a là une négligence qui ne s'accorde point avec l'intérêt que monsieur de Sénange a pour elle. Est-ce ainsi que l'on aime, lorsqu'on est vieux? Ah! j'espère que je mourrai jeune.... J'éprouve une agitation que personne ne partage, dont personne n'a pitié. Il ne m'est pas permis de savoir comment elle est; j'étonne, quand je demande trop souvent de ses nouvelles: ils la laisseront mourir!.... Je viens de passer devant sa chambre; je suis resté long-temps contre sa porte; je n'ai entendu aucun mouvement: peut-être qu'elle se trouvait mal!.... mais non, il y aurait eu de l'agitation autour d'elle; je n'ai vu aucune de ses femmes; tout était fermé.... Que devenir? mon ami, je croyais que j'avais été malheureux! Oh non; je ne l'avais jamais été.... Monsieur de Sénange me fait dire de descendre pour dîner: il sort de chez elle, je cours le joindre....

7 septembre soir.

C'était tout simplement pour dîner avec du monde qu'il me faisait avertir. J'ai trouvé, comme dans un autre temps, quelques personnes qui étaient venues de Paris. Adèle est malade! et rien ne paraissait changé dans la manière de vivre : seulement monsieur de Sénange était froid avec moi. D'abord, j'ai aimé cette distinction; c'était me dire que nous éprouvions la même peine. Mais ensuite, je n'ai plus compris ce qu'il avait, lorsque après le dîner au lieu de prendre mon bras, selon son usage, il a sonné un de ses gens, et m'a dit avec une politesse embarrassée, qu'il allait voir sa femme... Sa femme! jamais il ne la nomme ainsi. — Resté seul dans ce grand salon, tout rempli d'Adèle, mille pensées à la fois me sont venues à l'esprit. Il n'y a point d'émotion que je n'aie éprouvée, point de petites habitudes que je ne me sois rappelées.... Ah! dès qu'un sentiment vif nous occupe, faut-il que notre raison nous échappe? Je m'étais assis dans le fauteuil d'Adèle; j'y trouvais même un peu de tranquillité, et me rappelais avec douceur les momens que nous avions passés ensemble; lorsque tout-à-coup une voix secrète a semblé me reprocher d'avoir pris sa place, me presser de la quitter, me faire craindre qu'elle ne l'occupât plus.... Cette pensée m'a causé une terreur si vive, que je me suis précipité à l'autre bout de la chambre. En me retournant, j'ai vu encore ce fauteuil, sa petite table, son ouvrage, des dessins commencés, et tout ce désordre d'une personne qui était là il y a peu d'instans, et qui peut-être n'y reviendra plus….J'ai fermé les yeux et me suis enfui, sans oser jeter un regard derrière moi.

Revenu dans ma chambre, je me suis empressé de prendre le portrait d'Adèle que je possède encore. Vous serez peut-être surpris que j'aie osé le garder jusqu'à présent; il est vrai que, dans le premier moment, je ne voyais que le danger de le conserver; mais bientôt, peu à peu, de jour en jour, je me suis accoutumé à cette crainte: je me suis fait aussi un bonheur nécessaire de regarder ce portrait. D'ailleurs, enhardi par la certitude que monsieur de Sénange ne va jamais dans le cabinet où il était serré, je remettais toujours au lendemain à m'en séparer.

Combien, dans les angoisses que j'éprouvais, ce portrait me devenait cher! Avec quelle émotion je contemplais les traits d'Adèle, son regard serein, ce doux sourire, sa jeunesse qui devait me promettre pour elle de nombreuses années! Je me sentais plus tranquille; et, quoiqu'encore effrayé, j'osais espérer de l'avenir.

LATTRE XXXIV.

Ce 8 septembre.

Ne soyez pas trop sévère; ayez pitié de votre pauvre ami. Je ne suis plus le même: ou j'éprouve le bonheur le plus vif, ou je suis abîmé de douleur; tout est passion pour moi. — Adèle gardait la chambre; j'étais dévoré d'inquiétude; je craignais qu'elle ne fût menacée de quelque maladie violente. Je ne la voyais pas; je croyais que je ne devais plus la revoir; son tombeau était devant mes yeux; je voulais mourir. Hé bien! elle n'était seulement pas malade; c'était un caprice, ou l'envie de me tourmenter, et d'essayer son empire. Mon ami! est-ce que je serai comme cela long-temps?

Ce matin, ne m'étant pas couché, ayant passé la nuit à écouter, à expliquer le moindre bruit, à huit heures j'ai entendu ouvrir son appartement. J'y ai couru aussitôt pour demander de ses nouvelles. Sa femme de chambre n'avait point refermé la porte; jugez de mon étonnement! Adèle était levée; elle paraissait triste, mais tout aussi bien qu'à l'ordinaire. Dès qu'elle m'a aperçu, son visage s'est animé.... *Que voulez-vous, monsieur? laissez-moi*, m'a-t-elle dit; *laissez-moi, je ne veux voir personne.* — Ses femmes étaient présentes; tremblant, je me suis retiré. Elle a fait signe à une d'elles de fermer la porte sur moi; j'ai regagné ma chambre, et me suis perdu en conjectures. Qu'est-il arrivé? Qu'ai-je fait? Que peut-on lui avoir dit de moi? Serait-ce de la jalousie? ô Dieu! de la jalousie! Que je serais heureux! Ce qui est sûr, c'est qu'elle n'est point malade.

LETTRE XXXV.

Ce 8 septembre, le soir.

A deux heures j'ai fait demander à Adèle la permission de lui parler: elle m'a refusé, en disant qu'elle était souffrante.... Est-ce qu'il serait vrai? on peut être malade sans être changé.... Mais, non; monsieur de Sénange, ses femmes, celle surtout qui ne la quitte jamais, qui l'aime comme son enfant, m'ont assuré qu'elle était beaucoup mieux. Je n'y puis rien comprendre. Elle m'a fait dire qu'elle ne descendrait pas pour dîner. Il m'était impossible de me trouver tête à tête avec monsieur de Sénange; j'avais besoin de distraction; et je sentais que ce n'était qu'en me plaçant au milieu d'objets indifférens pour moi, que je pourrais me retrouver.

Avec ce projet, j'ai été dans la campagne sans savoir où j'allais: je marchais comme quelqu'un qu'on poursuit. Je ne sais combien de temps j'avais couru, lorsqu'à la porte d'un petit jardin une jeune fille m'a crié: *Monsieur, voulez-vous des bouquets?* — Et à qui les donnerais-je? lui ai-je répondu. Les larmes me sont venues aux yeux; Adèle aime tant les fleurs!.... Apparemment que j'étais pâle et défait; car cette jeune fille me regardait avec compassion. "Vous avez l'air tout malade, m'a-t-elle dit; entrez chez nous pour vous reposer." — Je l'ai suivie machinalement; elle m'a fait asseoir sur un mauvais banc, près de leur maison, et se tenant debout devant moi, elle m'a regardé quelque temps avec un air d'inquiétude et de curiosité. Enfin, elle m'a dit: "Voulez-vous prendre un bouillon? Nous avons mis le pôt au feu aujourd'hui, car c'est dimanche." — Je lui ai demandé seulement un morceau de pain et un verre d'eau: elle m'a apporté du pain noir, et, dans un pôt de grès, de l'eau assez claire. Après avoir été assis un moment, je commençais à sentir toute ma lassitude, et je restais sur ce banc sans pouvoir m'en aller. Alors, cette jeune fille m'a appris que son père était jardinier fleuriste; qu'il était à l'église avec toute sa famille; qu'elle était restée parce que c'était à son tour de garder la maison; mais qu'ils allaient bientôt rentrer, et que sa mère, qui s'entendait très-bien aux maladies, me dirait ce que j'avais.

Je l'ai remerciée avec un signe de tête; et, fermant les yeux, je me suis mis à rêver à la bizarrerie de ma situation, et au caractère d'Adèle. J'ai été bientôt arraché à mes réflexions par la jeune fille, qui m'a crié avec effroi: "Monsieur, ouvrez donc les yeux, vous me faites peur comme cela!" — J'ai souri de sa frayeur: pour la dissiper, et pour répondre à l'intérêt qu'elle m'avait témoigné, je m'efforçais de lui parler; je lui ai demandé si elle avait des frères et des soeurs? — "Onze, m'a-t-elle répondu, en faisant une petite révérence, et je suis l'aînée." — Quel âge avez-vous? — "Quatorze ans, et je me nomme Françoise." — A chaque réponse elle faisait sa petite révérence. Votre père gagne-t-il bien sa vie? — "Oui; si ma mère n'avait pas toujours peur de manquer, nous ne serions pas mal. Notre malheur, c'est que dans l'été les bouquets ne se vendent rien, et que l'hiver toutes les dames en veulent, qu'il y en ait, ou qu'il n'y en ait pas." — Alors nous avons entendu le chien aboyer, et la famille est rentrée. Dès que le père et la mère ont pu m'apercevoir, ils ont appelé Françoise, lui ont parlé long-temps bas, puis, s'approchant, ils m'ont salué tous les deux. Je leur ai dit combien Françoise avait eu soin de moi. — "Ah! c'est une bonne fille, a dit le père en lui frappant doucement sur l'épaule. — Bah! a repris la mère, pourvu qu'elle perde son temps, c'est tout ce qu'il lui faut." — La petite mine de Françoise, qui s'était épanouie d'abord, s'est rembrunie bien vite. — Combien les parens devraient craindre de troubler la joie de leurs enfans! Il me semble que je remercierais les miens, si je les entendais rire, si je les voyais contens; mais je me promettais bien de dédommager Françoise. Sa mère s'est assise près de moi; elle m'a offert une soupe; je l'ai refusée. Le bon père m'a proposé une salade du jardin: "Oh! une salade, m'a-t-il dit en riant, comme vous n'en avez jamais mangé." — Ce visage brûlé par le soleil, ce corps que la fatigue avait courbé, sa bonne humeur, m'inspiraient une sorte d'affection mêlée de respect; j'ai accepté sa salade pour ne pas le chagriner en le refusant. Françoise a couru vite la cueillir; sa mère (madame Antoine) m'a présenté ses autres enfans, quatre garçons et six filles. A chaque enfant elle criait d'une voix aigre: *Otez votre chapeau, monsieur; faites la révérence, mamselle;* et les petits de me saluer et de s'enfuir aussitôt. Le père a dit à sa femme d'aller accommoder ma salade; il est resté avec moi. Je lui ai demandé avec quoi il pouvait entretenir cette nombreuse famille? — "Avec mes fleurs, m'a-t-il dit; quand elles réussissent, nous sommes bien. Ma femme, comme vous avez vu, gronde un peu, mais c'est sa façon; et puis nous y sommes faits; Françoise chante, et cela m'amuse. — Combien gagnez-vous par an? — Ah! je vis sans compter; tous les soirs j'ajoute à mes prières: *Mon Dieu, voilà onze enfans; je n'ai que mon jardin, ayez pitié de nous;* et nous n'avons pas encore manqué de pain. — Vous devez beaucoup travailler? — Dame, il faut bien un peu de peine; dans ma jeunesse, il n'y en avait pas trop; à présent la journée commence à être lourde. Mais Françoise m'aide; elle porte les bouquets à la ville: Jacques, le plus grand de nos garçons, entend déjà fort bien notre métier; les petits arrachent les mauvaises herbes: à mesure que je m'affaiblis, leurs forces augmentent; et bientôt ils se mettront tout-à-fait à ma place. Je ne suis pas à plaindre." — Quoi! lui ai-je dit, avec une chaleur qui aurait été cruelle si elle avait été réfléchie, quoi! vous ne vous plaignez pas! Onze enfans... un jardin..... et vous dites que vous êtes content! — "Oui, m'a-t-il répondu, fort content! Il ne nous est mort aucun enfant; nous n'avons encore rien demandé à personne: pourquoi nous plaignez-vous? Vous autres grands, on voit bien que vous ne connaissez pas les gens de travail. On a raison de dire que la moitié du monde ne sait pas comment l'autre vit."

Que de réflexions fit naître en moi cet exemple de vertu et de modération, moi, qui ne me suis jamais trouvé heureux dans une position qu'on appelle brillante!.... J'ai serré la main de ce bon vieillard. Il n'avait pas prétendu m'instruire; et c'est peut-être pour cela que sa sagesse a si vivement frappé mon coeur...

Madame Antoine et Françoise ont apporté une petite table avec ma salade: le bon père avait raison; jamais je n'en avais trouvé d'aussi bonne. Pendant ce léger repas, il le regardait avec l'air satisfait de lui-même. Madame Antoine et Françoise restaient debout devant moi; et quoique je fusse sûr qu'elles n'avaient rien de plus à me donner, elles semblaient attendre que je leur demandasse quelque chose, et se tenaient prêtes à me servir. Les enfans aussi se sont rapprochés peu à peu; je ne les effrayais plus. Le père m'a prié de venir voir son jardin: le terrain était si peu étendu, si précieux, qu'on n'y avait laissé que de petits sentiers où nos pieds pouvaient à peine se placer. Nous marchions l'un après l'autre; et la famille, jusqu'au dernier petit enfant, nous suivait, comme s'ils entraient dans ce jardin pour la première fois. Au milieu de ce tableau si touchant, je trouvais quelque chose de triste à ne voir que des arbustes dépouillés, des tiges dont on avait coupé les fleurs, ou quelques boutons prêts à éclore, et impatiemment attendus pour les vendre. Cela me présentait l'image d'une existence précaire, dépendante des caprices de la coquetterie et de toutes les variations de l'atmosphère. Je pensais, pour la première fois, que les inquiétudes du besoin pouvaient être attachées à la croissance d'une fleur!... J'ai abrégé cette promenade qui me devenait pénible. Revenu près de la maison, j'ai appelé Françoise, et lui ai donné quelques louis pour s'acheter un habit: sa mère les lui a arrachés des mains, en disant qu'il fallait garder cela pour les provisions de l'hiver. — J'y aurais songé, lui ai-je dit avec humeur; et j'ai encore donné à ma petite Françoise; puis j'ai offert au bon père de quoi habiller tous ses enfans, et j'ai demandé que cette somme ne fût employée qu'à cet usage. Je m'en allais, lorsque j'ai réfléchi que j'avais pu affliger madame Antoine, en m'occupant plutôt du plaisir des enfans que des besoins du ménage; je sentais que les sollicitudes d'une mère sont encore de l'amour, et que son avarice n'est souvent qu'une sage précaution. Je suis alors retourné vers elle, et lui ai serré la main: Je reviendrai, lui ai-je dit, pour les provisions de l'hiver. — Ah! vous reviendrez, s'est écriée Françoise! Il reviendra, disaient les petits! Vous le promettez, dit le père? Ne nous oubliez pas, dit la mère! Françoise tenait mon habit, le père une de mes mains, la mère s'était saisie de l'autre, les enfans se pressaient contre mes jambes. En me voyant ainsi entouré de ces bonnes gens, en pensant au bonheur que je leur avais procuré, j'oubliais mes propres peines; et quoique tous mes chagrins vinssent du coeur, je remerciais le ciel d'être né sensible.

Après les avoir quittés, je suis revenu tranquille par ce même chemin que j'avais traversé avec tant d'agitation. Le jour était sur son déclin; j'admirais les derniers rayons du soleil: la paix de cette bonne famille avait passé dans mon ame. Pour un moment, je me suis senti plus fort que l'amour; car j'ai pensé que, si je ne pouvais pas être heureux sans Adèle, au moins il pouvait y avoir sans elle des momens de satisfaction. Plus calme, j'ai cru que sa colère était trop injuste pour durer; et, en repassant devant son appartement, je me suis dit avec une tristesse moins douloureuse: Si elle a eu pour moi une affection véritable, nous nous raccommoderons bientôt;... et si elle ne m'aimait pas!... si Adèle ne m'aimait pas! ah! qu'au moins je ne prévoie pas mon malheur!

P.S. Il est dix heures; on vient de me dire que monsieur de Sénange est avec elle; je vais m'y présenter encore. Il est bien difficile que, chez eux, ils continuent long-temps à ne pas me recevoir.

LETTRE XXXVI.

Une heure du matin.

Je la quitte, Henri: c'est cet infernal cocher qui a tout dit; et c'est sa maladroite indiscrétion qui m'a jeté dans toutes les folies que je crois vous avoir écrites. J'ai trouvé Adèle couchée sur un canapé; monsieur de Sénange était près d'elle. Ma présence, quoiqu'ils m'eussent permis de venir les joindre, a eu l'air de les étonner l'un et l'autre: je me suis assez légèrement excusé de n'être point revenu pour dîner. Monsieur de Sénange m'a demandé d'un air froid où j'avais été; je lui ai répondu que, sans m'en apercevoir, je m'étais trouvé à une trop grande distance pour espérer d'être rentré à temps. Je me suis mis à leur parler de Françoise, de son père, du jardin…. Pas la plus petite interruption de monsieur de Sénange, ni d'Adèle. Cependant, lorsque j'en suis venu aux adieux de cette bonne famille, j'ai vu que je faisais quelque impression sur monsieur de Sénange. Il m'a demandé si j'avais foi aux compensations? — Je ne l'ai pas compris, et l'ai avoué franchement. — "Croyez-vous donc, m'a-t-il dit, qu'on puisse enlever une femme aujourd'hui, et réparer ce scandale le lendemain, en secourant une famille?" — Ce mot *enlever* m'a éclairé aussitôt: j'ai regardé Adèle qui baissait les yeux. Je vois, leur ai-je dit, qu'on vous a parlé d'une aventure à laquelle, peut-être, je me suis livré sans réfléchir; mais vous me pardonnerez, j'espère, de n'avoir pas hésité lorsqu'il s'agissait d'arracher quelqu'un au dernier désespoir. Et, sans attendre leur réponse, j'ai tiré de ma poche la lettre d'Eugénie que j'ai lue tout haut. A mesure que j'avançais, l'attendrissement de monsieur de Sénange augmentait; Adèle même a laissé tomber quelques larmes. Lorsque j'ai eu fini, il s'est approché de moi en m'embrassant: "C'est à vous à nous excuser, m'a-t-il dit, de vous avoir soupçonné, au moment où tant de générosité vous conduisait. Pardonnez-moi, mon jeune ami, je vous aime comme un père, et les meilleurs pères grondent quelquefois mal à propos." — Pour Adèle, elle n'allait pas si vite: et elle m'a demandé où j'avais placé cette religieuse. Dès que j'ai dit qu'elle était partie le matin même pour l'Angleterre, elle a paru soulagée, et a respiré comme si je l'eusse délivrée d'un grand poids. Il fallait, a-t-elle repris, nous mettre dans votre secret; nous aurions partagé votre bonne action. — Ne me reprochez pas mon silence, lui ai-je répondu, il y a une sorte d'embarras à parler du peu de bien qu'on peut faire. — Pourquoi? a-t-elle reparti vivement, moi, j'en ferais exprès pour vous le dire. — A ces mots, soit que monsieur de Sénange ait apperçu pour la première fois les sentimens d'Adèle, soit qu'en effet quelque douleur soudaine l'ai saisi, il s'est levé en disant qu'il souffrait. — Je lui ai offert mon bras pour descendre chez lui: il l'a pris sans me répondre. Elle nous a suivis. A peine avons-nous été arrivés dans son appartement, qu'il a demandé à se reposer et a renvoyé Adèle. En sortant, elle m'a salué de la main en signe de paix, et avec un sourire d'une douceur ravissante. Je me suis avancé vers elle: *Pardonnez-moi*, avons-nous dit tous deux en même temps.

J'ai été obligé de la quitter aussitôt, car j'ai entendu monsieur de Sénange qui m'appelait. Cependant, lorsque je me suis approché de son lit, il ne m'a point parlé; il se retournait, s'agitait, et gardait le silence. De peur de le gêner, je suis allé m'asseoir un peu loin de lui; j'attendais toujours ce qu'il pouvait avoir à me dire; mais j'ai attendu vainement. Au bout d'une heure, il m'a prié de me retirer, en ajoutant, qu'il ne voulait pas me déranger, et que le lendemain il me parlerait. — Que veut-il me dire?…. S'il allait croire mon absence nécessaire!…. Ce n'est plus mon bonheur seul que je sacrifierais, c'est Adèle même qu'il faudrait affliger, et jamais je n'en aurai le courage. — Que ma situation est horrible! Chacune des peines de l'amour paraît la plus forte que l'on puisse supporter. A ce bal, lorsque j'ai pensé qu'elle ne m'aimait pas, j'ai cru que c'était le plus grand des malheurs!…. Hier, quand on parlait de sa maladie, ses souffrances m'accablaient, j'étais prêt à sacrifier et son affection et moi-même; il ne me fallait plus rien que de ne pas trembler pour sa vie. Aujourd'hui que je serai peut-être condamné à m'éloigner d'elle, si monsieur de Sénange l'exige; que peut-être il portera la prudence jusqu'à vouloir qu'elle ignore que c'est lui qui a ordonné mon départ! que deviendrai-je, lorsqu'en prenant congé d'elle, ses regards me reprocheront de m'en aller volontairement?… jamais je ne pourrai le supporter…. jamais….

LETTRE XXXVII.

Ce 9 septembre, 6 heures du matin.

Il n'y avait pas deux heures que j'étais couché, lorsque j'ai entendu frapper à ma porte, et quelqu'un m'appeler vivement. J'ai ouvert aussitôt; et l'on m'a dit de descendre bien vite, que monsieur de Sénange venait d'être frappé d'une attaque d'apoplexie. Je l'ai trouvé sans aucune connaissance. Le médecin était près de lui: lorsqu'il a rouvert les yeux, je le tenais dans mes bras; il m'a regardé long-temps. Ses yeux se fixaient de même sur tout ce qui l'entourait, sans reconnaître personne. — Le médecin m'a dit qu'il le trouvait fort mal, que son pouls était très-mauvais, et qu'il fallait promptement instruire sa famille de son état. J'ai chargé une des femmes d'Adèle de l'avertir, n'osant pas y aller moi-même: je sentais que ce n'était pas à moi de lui apprendre le genre de malheur qui la menaçait.

Quel spectacle pour elle, que d'assister à l'effrayante décomposition d'un être qu'elle aime comme son père! Monsieur de Sénange est défiguré, sans mouvement, sans parole: la douleur de cette malheureuse enfant déchire mon ame; mais au moins Adèle n'a point de remords, et j'en suis accablé. Elle ne s'est pas aperçue de la peine qu'elle lui a causée; et moi, j'étais sûr qu'il se couchait mécontent. Il a vu ses larmes; il a entendu ces mots si touchans: *Moi, je ferais du bien exprès pour vous le dire!* Il en aura senti une douleur vive, qui peut-être aura causé son accident. Quelle récompense!.... il m'a reçu comme un fils; et non-seulement j'aime Adèle, mais je n'ai pas même eu la force de cacher mes sentimens! J'ai bien besoin qu'il revienne tout-à-fait à lui, et que je puisse lui dire que nous l'avons toujours chéri, respecté; que jamais nous n'avons été ingrats ni coupables envers lui; et s'il doit mourir de cette maladie, au moins que son dernier regard nous bénisse!.... S'il doit mourir, que deviendra Adèle? Me sera-t-il permis de m'affliger avec elle, de chercher à la consoler? Son âge.... le mien.... j'ignore les usages de ce pays.... Combien j'aurais besoin de votre amitié et de vos conseils!

LETTRE XXXVIII.

Ce 10 septembre, 5 heures du matin.

On croit que monsieur de Sénange est un peu mieux; ce qu'il y a de sûr, c'est qu'il a reconnu Adèle, et lui a serré la main. Il a plusieurs fois jeté les yeux sur moi, mais sans le plus léger signe d'affection. Sûrement il m'accuse: puisse-t-il avoir le temps d'apprendre combien mes sentimens ont été purs! J'ai dit, il est vrai, à Adèle que je l'aimais; mais ce mot si tendre, ce mot je vous aime n'appartient-il pas autant à l'amitié qu'à l'amour?

Monsieur de Sénange paraît avoir repris toute sa connaissance; et cette nuit il a eu des momens de sommeil. Adèle ne l'a pas quitté. Dans les intervalles, elle lui parlait, le rassurait, cherchait à le distraire; tandis que j'étais dans un coin de la chambre, osant à peine me mouvoir, dans la crainte qu'il ne m'entendît, et que ma présence ne le troublât... Qu'il est affreux d'être obligé de cacher ses attentions, sa douleur, à l'homme qu'on respecte le plus!

Adèle attend aujourd'hui les parens de monsieur de Sénange; son intendant leur a fait part de l'état de son maître. Elle redoute fort ce moment; car elle sait qu'ils n'ont cessé de le voir qu'à l'époque de son mariage: mais l'espoir de quelques petits legs les ramènera. On a aussi envoyé un courrier à madame de Joyeuse. Adèle ne doute pas non plus qu'elle ne revienne aussitôt. Comme elle va nous tourmenter!... Ah! mes beaux jours sont passés! Que je m'en veux de n'en avoir pas mieux senti le prix!... Heureux temps où, seule entre Adèle et cet excellent homme, jamais ils ne me regardaient sans me sourire! où, lorsque je paraissais, ils semblaient me recevoir toujours avec un plaisir nouveau!... et je n'étais pas satisfait!...

LETTRE XXXIX.

Ce 10 septembre, 9 heures du soir.

Il y a bien eu de changement dans la situation de monsieur de Sénange. A nos inquiétudes, hélas! trop fondées, se sont joints les tourmens d'une famille qui, fort indifférente sur les souffrances de cet homme si digne de regret, importune tout ce qui l'entoure, pour avoir l'air de s'y intéresser.

Aujourd'hui, comme il paraissait être un peu moins mal, j'avais engagé Adèle à dîner dans la chambre qui précède celle où il est. J'obtenais de sa complaisance qu'elle prît quelque nourriture, lorsque nous avons été interrompus par un domestique qui a ouvert avec fracas les portes de la chambre où nous dînions, pour annoncer la vieille maréchale de Dreux, parente fort éloignée de monsieur de Sénange, et qu'Adèle n'avais jamais vue. — "Votre occupation me fait présumer, nous a-t-elle dit, que mon cousin est mieux." Adèle, intimidée, a essayé de lui rendre compte de l'état du malade. La maréchale, que j'ai rencontrée plusieurs fois dans le monde, a fait semblant de ne pas me reconnaître, et a dit à Adèle: "C'est sans doute là monsieur votre frère? il vous soigne de manière à tromper vos inquiétudes." Adèle embarrassée de ce nom de frère, ne répondait point; mais après quelques minutes, elle m'a adressé la parole en me nommant *Mylord*. — La maréchale feignait de ne pas entendre ce titre étranger, et continuait à parler de moi comme du frère d'Adèle. Alors, il m'a paru convenable de lui dire que monsieur de Sénange étant venu en Angleterre dans sa jeunesse, il croyait avoir eu des obligations essentielles à ma famille. "J'ignorais ces détails, m'a-t-elle répondu avec aigreur; car assurément je n'étais pas née lorsque monsieur de Sénange était jeune." — "Il m'a attiré chez lui, ai-je repris, et m'y a traité avec trop de bonté, pour que j'aie songé à le quitter depuis qu'il est malade." — "Je ne blâme rien, a-t-elle répliqué d'un ton sec; mais vous trouverez bon que, ne sachant pas vos droits ici, et monsieur de Sénange étant à la mort, j'aie cru que sa femme ne voyait que ses proches parens." — Adèle, avec plus de présence d'esprit que je ne lui en aurais soupçonné (l'orgueil blessé est un si grand maître!), Adèle lui a répondu, que tant que monsieur de Sénange vivait, il pouvait seul donner des ordres chez lui: "Si j'ai le malheur de le perdre, a-t-elle ajouté, alors, comme vous le dites, Madame, je ne verrai plus que mes proches parens." — La maréchale l'est à un degré si éloigné, qu'il aurait autant valu lui dire: *Je ne me soucie pas de vous, et je ne vous verrai pas non plus.* Cependant, elle n'avait rien à répondre, car Adèle s'était servie de ses propres expressions. Aussi est-elle restée dans le silence, et de si mauvaise humeur, que je crois bien qu'Adèle s'en est fait une ennemie pour la vie.

Il est venu encore un grand nombre de parens qui arrivaient tous avec un visage de circonstance. A peine avaient-ils salué Adèle, qu'ils allaient dans un autre coin de la chambre chuchoter et ricaner entre eux. La maréchale les appelait l'un après l'autre, parlait bas à chacun, riait et grondait derrière son éventail, et leur apprenait, je crois, par quelle jolie plaisanterie elle avait fait sentir à Adèle l'inconvenance de mon séjour dans sa maison. Je n'en ai pas douté, lorsqu'une de ces femmes, jeune cependant (à cet âge n'avoir pas d'indulgence!) est venue à moi avec minauderie, et m'a parlé d'Adèle en la nommant aussi ma soeur. Je n'ai pas daigné lui répondre, et elle a couru bien vite chercher les applaudissemens de ce grouppe infernal.

La pauvre Adèle était si embarrassée, que des larmes tombaient de ses yeux. J'étais indigné, lorsqu'à mon grand étonnement on a annoncé madame de Verneuil qui, en me voyant, a souri et m'a appelé. "Je vous en supplie, lui ai-je dit tout bas, venez avec moi un instant; je vous crois bonne, et voici l'occasion d'être généreuse." Elle m'a suivi sur la terrasse, où je lui ai raconté, à la hâte, les motifs de mon séjour chez monsieur de Sénange, et de son amitié pour moi, et les impertinences de la maréchale. "Venez au secours de madame de Sénange, ai-je ajouté; ayez compassion de sa jeunesse.["] — "Convenez, m'a-t-elle dit, que vous êtes parti de chez moi avec une légèreté qui me donne assez envie de vous tourmenter." — "J'ai tort, mille fois tort; mais de grâce ne faites pas une réflexion, j'ai trop sujet de les craindre: allons, venez, soyez bonne," lui ai-je dit en l'entraînant dans le salon, où je l'ai placée près d'Adèle.

Je tremblais pour sa première parole; car si malheureusement une idée ridicule l'avait frappée, nous étions perdus.... Par bonheur la maréchale l'a appelée; et, attirer son attention, c'est presque toujours exciter sa moquerie. Elle lui a parlé long-temps bas; sûrement elle lui racontait ses gentillesses: lorsqu'à ma grande stupéfaction, j'ai vu madame de Verneuil répondre d'un air si imposant, que bientôt chacun est allé se rasseoir, et a repris le sérieux que le moment exigeait. Madame de Verneuil est revenue près d'Adèle, et lui a dit, devant toute cette famille: "Vous trouverez simple, ma cousine, que nous ayons été fâchés du mariage de monsieur de Sénange: l'humeur nous a éloignés de lui, mais vous ne devez pas en souffrir; et, a-t-elle continué en élevant la voix, puisque cette triste circonstance nous rapproche, j'espère que nous ne nous éloignerons plus." — Adèle l'a embrassée, et dès-lors la maréchale et le reste de la famille l'ont traitée avec plus d'égards. Mais madame de Verneuil m'a bien fait payer cette obligation; car aussitôt que le calme et la bienséance ont été rétablis dans le salon, elle m'a ordonné de la suivre sur la terrasse. Après m'avoir encore plaisanté sur la manière dont je l'avais quittée, elle m'a demandé si j'étais amoureux d'Adèle. — "Non, lui ai-je répondu gravement.["] — "Vous ne l'aimez donc pas?" a-t-elle dit en riant. "Puisque vous ne l'aimez pas, je vais la livrer à la maréchale. — Oui, je l'aime, me suis-je écrié, mais je n'en suis pas amoureux. — Ah! vous n'en êtes pas amoureux! et se retournant, elle me dit: Je vais….. — Eh bien, oui! si vous le voulez j'en suis amoureux," lui ai-je répondu, et je me suis saisi de ses mains pour la retenir malgré elle: "Mais ayez pitié de son embarras et de sa jeunesse. — Et vous aime-t-elle? — Non certainement. — Elle ne vous aime pas !….. Fi donc! c'est une ingrate, et je l'abandonnerai." — ["]Au nom du ciel, ai-je repris, n'abusez pas de ma situation; je dirai tout ce qu'il vous plaira, pourvu que vous la sauviez de la maréchale." — Alors s'asseyant elle m'a dit avec une majestueuse ironie: "Voyons si vous êtes digne de ma protection." — Mais comme je ne voulais pas compromettre Adèle, et que je craignais de piquer l'esprit railleur de madame de Verneuil, je me suis jeté dans des définitions, divisions, subdivisions, sur le degré d'amour que je ressentais, sur celui qui était permis, sur l'espèce d'amitié que j'inspirais… Plus je parlais, plus elle s'étonnait, se moquait, et faisait des questions si positives, avec un regard si malin, et en me menaçant toujours de cette maudite maréchale, que je m'embrouillais comme un sot, et me fâchais comme un enfant.

Enfin, la douce et triste Adèle est venue nous avertir que tout le monde était parti; "mais ils reviendront demain," a-t-elle dit, en s'adressant à madame de Verneuil avec timidité, et comme pour la prier d'être encore son appui. Aussi, malgré le besoin qu'elle a de s'amuser, y a-t-elle paru sensible, et a-t-elle promis de revenir le lendemain. Quel horrible usage, que celui qui force à recevoir les personnes qu'on aime le moins, dans les momens où la vue des indifférens est un supplice, et à se priver de ses amis, quand la solitude et les consolations de l'amitié seraient si nécessaires!

LETTRE XL.

Ce 11 septembre.

Monsieur de Sénange étant moins mal hier au soir, Adèle consentit à prendre un peu de repos. Je remontai aussi dans ma chambre, après avoir bien recommandé que s'il arrivait la moindre chose, s'il me nommait, on vînt aussitôt m'avertir; car j'espérais toujours qu'il se souviendrait de moi, de mon attachement, de mon respect.

Heureusement pour la tranquillité de mon avenir, ce matin à cinq heures on est venu me dire qu'il m'appelait. J'ai couru chez lui: dès qu'il m'a vu, il m'a demandé où j'avais passé tout ce temps? — J'ai serré sa main et lui ai dit que j'étais toujours resté près de lui. — "J'ai donc été bien mal, car je ne me rappelle pas...." Et rêvant ensuite comme s'il cherchait à rassembler ses idées... "Mon jeune ami, a-t-il ajouté, il se mêle à votre souvenir des sentimens pénibles..... mais je veux les éloigner dans ces derniers instans. Dites-moi, je vous prie, assurez-moi qu'Adèle m'aime encore." — Je l'ai interrompu pour l'assurer qu'elle n'avait pas un reproche à se faire. — "Et vous?" m'a-t-il dit. — Et moi! ai-je repris, en tombant à genoux près de son lit, et moi!..... Je lui ai avoué mon amour, mes combats, ma résolution de fuir; mais je lui ai protesté que, ni pour elle, ni pour moi, cet éloignement n'avait été nécessaire; et je vous jure, lui ai-je dit, que vous êtes toujours ce qu'elle aime le mieux. — "Puis-je vous croire," m'a-t-il demandé, en m'examinant avec une grande attention. Je lui affirmé que j'étais vrai avec lui, comme si je parlais à Dieu même. — "Je vous remercie, a-t-il répondu avec attendrissement; Adèle pourra donc me dire adieu sans rougir, et un jour s'unir à vous sans remords, et sûre de votre estime! Je vous remercie, je vous remercie," a-t-il répété plusieurs fois très-vivement.

Cette bonté céleste, cette abnégation de lui-même m'ont rappelé tous mes torts, et me les rendaient insupportables. Je me suis souvenu de ce portrait d'Adèle que j'avais dérobé avec tant d'imprudence, et dont je n'avais pas eu la force de me détacher. Dans ce moment solennel, dans ce moment d'éternelle séparation, il m'a été impossible de rien dissimuler. "Ah! lui ai-je dit, un profond repentir pèse sur mon coeur." — Il m'a regardé d'un air inquiet. "Parlez-moi, m'a-t-il répondu, pendant que je puis encore vous entendre et vous absoudre."

J'ai osé lui avouer l'abus que j'avais fait de sa confiance. Il a levé les yeux au ciel: "Adèle en a-t-elle été instruite, a-t-il repris d'un ton sévère? — Jamais, me suis-je écrié; je l'aurais redoutée plus encore que vous-même." — Il est resté comme absorbé dans ses réflexions; puis se ranimant tout-à-coup, il m'a dit: "Prenez ma clef; allez chercher ce portrait, replacez-le dans mon secrétaire; dépêchez-vous, la mort me poursuit, le temps presse."

Je me suis levé aussitôt; j'ai couru dans ma chambre, et pris le portrait sur lequel j'ai jeté un triste et dernier regard; mais dans cet instant j'avais hâte de m'en séparer. Dès que je l'ai eu remis dans le secrétaire, je suis revenu tomber à genoux près du lit de monsieur de Sénange. Il était plus calme. "Pendant votre absence, m'a-t-il dit, j'ai fait un retour sur votre jeunesse, et je vous ai excusé." — Après un assez long silence, il a ajouté: "Je vous pardonne; mais souvenez-vous que le portrait d'Adèle ne doit être accordé que par elle. Si jamais elle consent à vous le rendre, c'est qu'elle croira pouvoir s'unir à vous. Alors vous lui direz que je vous au bénis tous deux."

J'ai voulu éloigner ces idées de mort, le rassurer sur son état; il ne l'a pas permis. "Je sais que je n'en reviendrai point, m'a-t-il dit; cependant, malgré moi, je crains de mourir....... Mon jeune ami, promettez-moi que, lorsque cet instant viendra, vous ne m'abandonnerez pas!" Je le lui ai promis, en essayant encore de calmer ses esprits: mais lorsque je lui disais qu'il était mieux, il souriait, et pourtant se répétait à lui-même qu'il mourrait, comme s'il eût craint de se livrer à de fausses espérances, ou qu'il eût eu besoin de se rappeler son état pour conserver son courage.

Il m'a parlé d'Adèle avec une tendresse extrême. "Je ne la recommande pas à votre amour, m'a-t-il dit; mais j'implore votre indulgence.... Craignez votre sévérité.... elle est jeune, vive, étourdie à l'excès.... Promettez-moi de ne jamais vous fâcher sans le lui dire.... la condamner sans l'entendre.... N'oubliez pas que, dans ce moment cruel où non-seulement il faut quitter tout cc qu'on aime... tout ce qu'on a connu.... mais où il faut encore se séparer de soi-même.... dans ce moment je vous crois, vous la confie, et vous souhaite d'être heureux.... Au moins, que son bonheur soit ma récompense!"

Il tremblait, soupirait, essayait de retenir des larmes qui s'échappaient malgré lui, et tenait ma main si fortement serrée, qu'il m'était impossible de m'éloigner. Pour lui cacher la douleur que j'éprouvais, j'appuyais ma tête sur son lit sans pouvoir lui répondre, lorsqu'on est venu lui dire que son notaire était arrivé. "Allez, mon ami, m'a-t-il dit, j'ai quelques dispositions à faire; vous verrez que je meurs en vous aimant et en vous estimant toujours."

Je l'ai quitté l'ame brisée; au bout d'une heure, j'ai entendu plusieurs voix m'appeler.... Monsieur de Sénange venait d'être frappé d'une nouvelle attaque; elle a été moins longue, moins fâcheuse que la première; mais il est resté si faible, que le moindre accident peut nous l'enlever d'un moment à l'autre.

Huit heures du soir.

Depuis cette seconde attaque, monsieur de Sénange s'affaisse à vue d'oeil; mais il ne paraît pas beaucoup souffrir; il a des absences fréquentes, pendant lesquelles il ne lui reste que le souvenir d'Adèle, mon nom qu'il répète souvent, et le regret de la vie qu'il sent encore, lors même qu'il ne peut plus connaître le danger de son état. La pauvre Adèle ne se fait point d'idée de la mort. Quand monsieur de Sénange parle, se meut, elle se rassure, et croit que les médecins se trompent; mais s'il reste dans le silence, elle se désole, l'appelle, l'interroge, voudrait même l'éveiller lorsqu'il s'assoupit; et l'image de la mort peut seule lui faire croire à la mort… La pauvre enfant!… dans quelques heures… — La pauvre enfant!….

Minuit.

C'est dans la chambre de monsieur de Sénange que je vous écris; il repose assez tranquillement, mais il est sans aucune espérance. Adèle me fait une pitié extrême; elle a passé la journée à genoux dans les prières, et toujours je l'ai vue se relever un peu consolée…. Ah! c'est au moment où l'on va perdre ce qu'on aime, où tout ce qui l'entoure marque, à quelques minutes près, la fin de sa vie; c'est alors que l'athée, si l'athée peut aimer, c'est alors qu'il doit sentir le besoin d'un Dieu! — Mais j'entends la voix de monsieur de Sénange. — Il me demandait pour me recommander encore Adèle: à mesure que la vie le quitte, il semble s'attacher plus fortement à tout ce qu'il a aimé. Il l'a appelée; il a pris sa main, la mienne, et a parlé long-temps bas sans que je pusse l'entendre: seulement j'ai distingué plusieurs fois le nom de lady B…. Il est tombé sans connaissance en nous parlant; Adèle a fait des cris si affreux, qu'il a fallu l'emporter de cette chambre, où elle ne le verra plus!…. Je n'ai pu la suivre, car il a exigé que je restasse près de lui jusqu'à son dernier soupir, et je ne le quitterai pas……

12 septembre, 7 heures du matin.

Il n'est plus! Henri; le meilleur des hommes a cessé de vivre, celui qui pouvait se dire: *Il n'existe personne à qui j'aie fait un moment de peine.* — Ah; excellent homme!… excellent homme!….

LETTRE XLI.

Paris, même jour.

Je ne suis plus à Neuilly, mon cher Henri; c'est dans mon hôtel garni, c'est tout seul que j'ai à supporter mes regrets et mon extrême inquiétude. Ce matin, après vous avoir écrit deux mots, je me suis présenté chez Adèle qui, en me voyant, a bien deviné la perte qu'elle avait faite, et s'est trouvée fort mal. J'étais à genoux près d'elle; ses femmes l'entouraient, lorsque tout-à-coup madame de Joyeuse est entrée, et, sans remarquer l'état de sa fille, m'a demandé pourquoi j'étais dans cette maison en une pareille circonstance? — Je n'ai pas daigné lui répondre, et je soutenais toujours la tête d'Adèle, qui n'apercevait rien de ce qui se passait autour d'elle. Sa mère m'a repoussé, et m'a dit de lui laisser prendre des soins qu'il était trop déplacé que je lui rendisse. Je n'ai point souffert qu'on m'arrachât Adèle dans cet état, et madame de Joyeuse a bien vu qu'il serait inutile de le tenter. Elle s'est promenée brusquement dans la chambre, attendant avec impatience qu'Adèle reprît ses esprits. Dès qu'elle a pu ouvrir les yeux, sa mère lui a reproché l'indiscrétion de sa conduite. — Adèle la regardait d'un air égaré; mais aussitôt qu'elle l'a reconnue, elle a caché sa tête sur moi, et a fondu en larmes. "Finirez-vous bientôt cette scène ridicule? lui a dit sa mère; votre mari est mort; et la décence exige au moins que vous paraissiez le regretter." — *Paraître!* a dit Adèle en levant les yeux au ciel. — "Oui, lui a répondu sa mère, et il faut que lord Sydenham sorte à l'instant de chez vous." — Furieux, j'allais lui répondre; mais Adèle a joint ses mains, et je me suis arrêté. — Cependant, je sentais que je devais m'en aller; Adèle même m'en a prié, en me disant tout bas qu'elle m'écrirait. Je l'ai donc laissée seule avec cette mère qui ne l'a jamais vue que pour la tourmenter. Quel supplice!... Je suis revenu dans un accès de rage qui dure encore; puisse-t-il continuer long-temps! car je redoute bien plus le calme qui lui succédera.

P.S. Un des gens d'Adèle arrive en ce moment, pour me prier de me rendre tout de suite à Neuilly... Cet homme en ignore la raison; mais il ajoute que toute la famille m'attend: *toute la famille!* Que puis-je avoir de commun avec elle? Ah! c'est Adèle seule que je vais chercher.

LETTRE XLII.

Paris, minuit.

Lorsque je suis arrivé à Neuilly, j'ai vu en effet toute la famille de monsieur et de madame de Sénange réunie dans cette galerie où Adèle avait donné une si belle fête. J'y avais tant souffert qu'il m'a pris une saisissement dont je n'ai pas été maître. Que nous sommes bizarres, Henri! Je regrettais monsieur de Sénange; je le regrettais du fond de mon coeur, et j'ai cessé tout-à-fait d'y penser. Bientôt un froid mortel m'a saisi, lorsque j'ai aperçu monsieur de Mortagne près d'Adèle. Il semblait qu'il ne fût jamais sorti de cette chambre; qu'il m'y attendait pour me braver, et me tourmenter encore. Je sais que le titre de parent lui donne le droit d'être chez elle dans cette circonstance. Mais le retrouver là, près d'elle, en noir comme elle, pouvant la voir chaque jour, à toute heure, tandis que le devoir, les convenances, sa mère, m'éloigneront!.. le retrouver ainsi, a fait renaître tous mes sentimens jaloux; je ne pouvais ni respirer, ni parler.

Un notaire m'a dit que monsieur de Sénange avait ordonné que son testament ne fût ouvert que devant moi. On l'a lu tout haut; pendant cette lecture j'essayais de me calmer, ou au moins de cacher mon agitation. — Après avoir laissé toute sa fortune à Adèle, monsieur de Sénange fait quelques legs à des malheureux dont il prend soin depuis long-temps, et me nomme son exécuteur testamentaire; *espérant*, ajoute-t-il, *que les personnes qu'il avait le mieux aimées, s'uniraient d'intérêt et d'affection après lui*. — A ces mots, j'ai vu monsieur de Mortagne s'embarrasser et regarder madame de Joyeuse, qui paraissait irritée: il m'a regardé aussi; et mes yeux ont dû lui apprendre qu'Adèle était à moi, et qu'on ne me l'arracherait qu'avec la vie. Nous ne nous sommes point parlé; toutefois je suis certain que nos sentimens nous sont bien connus.

Par un codicille, monsieur de Sénange conseille à Adèle d'aller passer au couvent le premier temps de son deuil, et demande d'être enterré à la point de l'île, dans cet endroit solitaire dont il avait été frappé un jour; *dans cet endroit*, dit-il, *où le hasard ne pouvait conduire personne, le regret seul viendra me chercher, ou l'oubli m'y laisser inconnu*. — Comme l'usage permet d'offrir un présent à son exécuteur testamentaire, il me donne sa maison de Neuilly, et me prie de ne jamais venir en France sans y passer quelques jours. — Je le remercie de ce bienfait, car cette maison me sera toujours chère.

Les parens de monsieur de Sénange, après avoir vu qu'ils n'avaient plus rien à espérer, sont partis en montrant plus ou moins leur humeur. Adèle a désiré d'aller à l'instant au couvent: sa mère a refusé d'y consentir; mais la volonté de monsieur de Sénange lui a inspiré une résolution que, sans cela, elle n'eût jamais osé manifester. Je l'ai priée de me donner ses ordres, ou de permettre que j'allasse les recevoir. Madame de Joyeuse a prétendu s'y opposer encore;

mais Adèle a été encore courageuse, et a dit qu'elle me verrait avec plaisir. — Elle est partie avec ses femmes; et sa mère s'en est allée avec monsieur de Mortagne.... Quelle union!.... Je suis sûr que, pendant tout le chemin, ils n'ont pensé qu'aux moyens de m'éloigner, et de me persécuter. Madame de Joyeuse me hait, et la haine des méchans n'est jamais stérile. Ah! faudra-t-il lutter long-temps avant d'être heureux? J'ai quitté sur-le-champ cette maison de deuil; mais j'y retournerai pour la triste cérémonie. Adieu.

LETTRE XLIII.

Paris, ce 14 septembre.

Je viens de rendre à cet excellent homme les derniers devoirs: j'ai répandu sur sa tombe des larmes bien sincères. Ah! si après la mort on peut sentir les regrets de l'amitié, les miens doivent arriver jusqu'à lui. Mon ame s'attache à cette espérance; car, Henri, je rejette avec effroi tous ces systèmes d'anéantissement total. Détruire les idées de l'immortalité de l'ame, c'est ajouter la mort à la mort. J'ai besoin d'y croire; c'est la foi que veut la nature, et que toutes les religions adoptent pour se faire aimer. Oh non! je ne quitterai point Adèle sans espérer de la revoir....

Je reviens encore à ces paroles que monsieur de Sénange prononçait avec tant de simplicité: *pas une personne à qui j'aie fait un moment de peine!*.... Combien ces mots renferment de bonnes actions, d'heureux sentimens!.... Chaque jour de ses nombreuses années a été occupé, embelli par le bonheur de tout ce qui l'approchait.... Ces momens qui échappent à l'attention des hommes, et dont le souvenir compose l'estime de soi-même, ces momens réunis sont tous venus s'offrir à sa pensée, pour adoucir les maux attachés à la vieillesse. — Oh! heureuse, mille fois heureuse la famille de celui qui n'aurait eu d'autre ambition que de parvenir à pouvoir se dire à sa dernière heure: *Il n'y a personne à qui j'aie fait un moment de peine!*.... Paroles touchantes que j'aime à répéter, et qui ne sortiront jamais ni de mon esprit, ni de mon coeur!

LETTRE XLIV.

Paris, ce 1er octobre.

Je n'ai point encore été chez Adèle: je crois devoir laisser passer ces premiers jours sans chercher à la voir. Si je n'étais que son ami, je ne l'aurais pas quittée; mais j'avoue qu'aujourd'hui, ma fierté ne peut consentir à prendre un titre si différent de mes sentimens. D'ailleurs, qu'ai-je à faire d'aller tromper ou flatter madame de Joyeuse? Adèle est libre; les petits mystères, les faux prétextes, le nom d'ami pour cacher celui d'amant, tous ces détours doivent être bannis entre nous. Adèle seule dans l'Univers a des droits sur moi. Mes volontés, mes défauts, mes qualités lui appartiennent, et seront à elle jusqu'à mon dernier soupir. Adèle est libre!.. Tous mes voeux seront remplis.

Elle m'écrira sans doute, pour m'avertir de l'instant où je pourrai la voir. Mais que le temps me semble long! Je ne sais ni le perdre ni l'employer. J'ai voulu revoir les chefs-d'oeuvres des arts que Paris renferme; cependant, soit que cela tienne à ma situation, soit qu'ils n'eussent plus l'attrait de la nouveauté, ils ne m'ont point intéressé. J'ai bien reconnu l'inconvénient d'avoir voyagé trop jeune. Je n'avais que quinze ans lorsque mon père me fit parcourir cette grande ville. Nous passions la journée à voir tout à la hâte, spectacles, édifices, monumens, tableaux: il a éteint en moi la curiosité sans m'instruire, et m'a fait traverser ainsi toutes les cours de l'Europe. Je pourrais dire qu'aujourd'hui rien ne me serait nouveau, et que cependant que tour m'est inconnu.

Pour achever de me mettre mal avec moi-même, le docteur Morris m'écrit que cette jeune religieuse se désole, passe ses jours dans les larmes, fuit le monde et repousse les consolations. Sa santé s'affaiblit d'une manière effrayante; et la mort qui, dans son couvent, lui paraissait être la fin de ses peines, ne lui semble plus, aujourd'hui, que le commencement de ses maux. Il ajoute, "que celui qui n'a pas l'âme assez forte pour se soumettre à son état, quel qu'il soit, ne sera jamais heureux dans quelque situation qu'on le place." — Si cela était vrai, la plus douce récompense d'un bienfait serait perdue. — Que je hais ces tristes vérités! On cherche à les apprendre, et on désire encore plus de les oublier. — Adieu.

LETTRE XLV.

Paris, ce 10 octobre.

Que d'obligations j'ai à monsieur de Sénange! Sans lui, je ne sais combien j'aurais encore passé de temps sans revoir Adèle: mais, grâce à l'affection qui l'a porté à me nommer son exécuteur testamentaire, les affaires nous rapprocheront malgré les usages, le deuil, les parens, et même en dépit de madame de Joyeuse.

Hier un notaire me remit des papiers qu'il fallait qu'Adèle signât avec moi. Je lui écrivis pour demander la permission d'aller les lui porter; elle me fit dire qu'elle m'attendait, et je partis dans une joie inexprimable de la revoir.

En arrivant au couvent, l'on me fit monter dans le parloir de son appartement. Elle courut à la grille, et me donna sa main à travers les barreaux; il semblait qu'elle retrouvât le seul ami qui lui fût resté, l'ami qui avait été le témoin des jours de son bonheur. Cependant les crêpes dont elle était vêtue, cette tenture noire qui couvrait toute la chambre, me rappelèrent à moi-même, et dans ce premier moment nous ne parlâmes que de monsieur de Sénange. Elle me racontait mille traits de sa bonté, de sa bienfaisance; et ses pleurs coulaient avec une douleur si sincère, un respect si tendre, qu'elle m'en devenait plus chère.

Elle voulut que je lui rendisse compte de l'entretien qu'il avait eu avec moi la veille de sa mort. — Une réserve craintive m'empêchait de dire un mot des espérances qu'il m'avait fait entrevoir, de la félicité qu'il m'avait promise. Je ne sais quel sentiment secret me faisait préférer de m'accuser moi-même. Je lui confiai les aveux que j'avais osé lui faire; je parlai de ce portrait qui, pendant si long-temps, avait été ma seule consolation. — "Vous l'a-t-il laissé?" me dit-elle, en baissant les yeux. — Il m'était facile de voir qu'elle en aurait été satisfaite, mais je fus encore sincère. "Non, lui répondis-je en tremblant, il m'a dit que vous seule pouviez le donner." — Elle leva ses yeux au ciel, se détourna, comme si elle eût craint de rencontrer les miens, et garda le silence.

Ce don d'amour, je ne l'attendais pas; je n'aurais même pas voulu qu'elle me l'eût accordé, la perte qu'elle avait faite étant encore si récente: mais j'aurais désiré qu'un mot d'avenir m'eût permis de l'espérer pour un temps plus éloigné.

"Ah! lui dis-je, dans ses derniers instans, monsieur de Sénange prononçait votre nom, le mien; il nous unissait dans ses pensées et dans ses voeux; il nous appelait ses *enfans!*" — Elle se leva, comme si elle n'avait eu la force ni de résister, ni de céder à l'émotion que j'éprouvais; elle s'en allait.... Cependant, elle s'arrêta au milieu de cette chambre, et me dit adieu avec un faible sourire. Il y avait quelque chose de si tendre dans ce mot *adieu*, que le regret de se quitter, le désir de se revoir se faisaient également sentir! — "Un mot encore, m'écriai-je; un seul mot!" — Elle posa sa main sur son coeur, et me dit: "Les intentions de monsieur de Sénange me seront sacrées." — Elle jeta sur moi un dernier regard, et sortit. Que le dernier regard est doux! et qu'il avoue plus qu'on n'aurait osé dire! Je m'en allai aussi; mais, j'emportais avec moi cette promesse timide; je l'entendais toujours: et quoiqu'Adèle eût prononcé seulement le nom de monsieur de Sénange sans oser y joindre le mien, j'étais bien sûr de toute son affection.

LETTRE XLVI.

Paris, 20 octobre.

Je l'ai revue encore; nous étions si émus que nous avons été quelque temps sans pouvoir nous parler. Aux premiers mots, sa voix m'a causé un trouble inexprimable. Je m'arrêtais pour l'entendre; et quand je lui répondais, je voyais aussi qu'elle m'écoutait, même lorsque je ne parlais plus.

J'ai osé lui avouer mes sentimens; mais j'avais soin de soumettre mes espérances à sa volonté. Cette réserve la rassurait, et lui donnait de la confiance. Je lui ai rappelé qu'elle était libre. — Elle a souri; ses yeux se sont baissés, et elle m'a dit bien bas, et en rougissant: "Est-ce que vous me rendez ma liberté?" — Quel mot! et combien il m'a rendu heureux? [sic] Je suis tombé à genoux près de cette grille. Je lui faisais entendre tous ces sermens d'amour, renfermés dans mon coeur pendant si long-temps. — Alors nous avons parlé sans contrainte de ce penchant qui nous avait entraînés l'un vers l'autre, et de notre avenir. C'était obéir encore à monsieur de Sénange, que de nous occuper de notre commun bonheur.

Elle m'a prié d'être plus respectueux pour sa mère, de la soigner davantage: "Tout ce que vous lui direz d'aimable, pensez que vous me l'adressez, m'a-t-elle dit, et que je vous en remercie: car, je ne puis être tranquille que lorsque vous lui aurez plu; et jusque-là, je crains toujours qu'elle ne se laisse aller à quelques-unes de ces préventions dont ensuite il est impossible de la faire revenir."

J'ai promis tout ce qu'elle m'a demandé; et lorsque je cédais à un de ses désirs, c'était en souhaitant qu'elle en exprimât de nouveaux, pour m'y soumettre encore. Nous avons ainsi passé trois heures qui se sont écoulées bien vite. J'ai voulu savoir à quoi elle s'occupait dans sa retraite. Elle m'a répondu qu'elle s'était arrangée pour que sa vie fût à peu près distribuée comme elle l'était à Neuilly. "Je dessine, joue du piano, travaille aux mêmes heures, m'a-t-elle dit; le temps si heureux de nos longues promenades, je le passe à continuer les leçons d'anglais que vous aviez commencé à me donner. Quoique seule, je fais mes lectures tout haut; je répète le même mot, jusqu'à ce que je l'aie dit précisément comme vous. L'anglais a pour moi un charme d'imitation et de souvenir que le français ne saurait avoir. Je ne l'ai jamais entendu parler qu'à vous, et quand je le prononce il me semble vous entendre encore. Chaque mot me rappelle votre voix, vos manières: loin de vous c'est ma distraction la plus douce. Si jamais vous me menez en Angleterre, je serai fâchée d'y trouver que tout le monde parle comme vous."

Nous avons été interrompus par mesdemoiselles de Mortagne. En entrant, l'aînée a appelé Adèle *ma soeur*; ce nom m'a fait tressaillir. Adèle a remarqué mon émotion, et s'est empressée de me dire, que l'usage dans les couvens était que les religieuses, entre elles, se nommassent toujours ma soeur, pour exprimer leur union et leur égalité. — "A leur exemple, a-t-elle ajouté, les pensionnaires qui s'aiment d'une affection de préférence, se donnent quelquefois ce nom, qui les distingue parmi leurs compagnes; et depuis l'enfance, mademoiselle de Mortagne et moi nous nous nommons ainsi par amitié."

L'explication d'Adèle ne m'a point satisfait: ce nom de soeur m'avait causé une impression extraordinaire. Je crois que l'amour m'a rendu superstitieux; car je suis tourmenté par une sorte de pressentiment qui me trouble. Mademoiselle de Mortagne, soeur d'Adèle!.. j'en frémis encore.

LETTRE XLVII.

Paris, ce 2 novembre.

L'étiquette du deuil, les obsessions de madame de Joyeuse, empêchent souvent Adèle de me recevoir. Elle craint si fort l'aigreur continuelle de sa mère, qu'elle aime mieux me tenir éloigné, que d'oser avouer les sentimens qui nous unissent. Cependant, à l'entendre, ma délicatesse devrait toujours être satisfaite; car elle appelle *devoirs* les choses qui me déplaisent le plus. — Si je lui reproche l'éloignement qu'elle me prescrit, elle dit qu'elle se *sacrifie* elle-même. — La peur qu'elle a de sa mère lui paraît du *respect*. — Elle nomme *décence* la soumission qu'elle a pour les plus sots usages; et dans nos continuelles disputes, Adèle n'a jamais tort, et je ne suis jamais content.

La dernière fois que je la vis, sa mère était chez elle. J'essayai vainement de lui plaire; elle me répondit avec une sécheresse presque offensante. Je ne disais pas un mot qu'elle ne fût prête à soutenir le contraire: aussi retombions-nous souvent dans des silences vraiment ridicules; et notre conversation ressemblait tout-à-fait à la musique chinoise, où de longues pauses finissent par des sons discordans. Mais Adèle me regardait, me souriait, et c'était assez pour me dédommager.

Au bout d'une heure, madame de Joyeuse prit son éventail, mit son mantelet, et dit, en me regardant, qu'elle était obligée de sortir... Je vis clairement que cela voulait dire qu'elle désirait ne pas me laisser seul avec sa fille.... Mais j'étais résolu à ne pas la comprendre, et je ne me dérangeai point..... Elle espéra sûrement qu'Adèle aurait plus d'intelligence, et elle lui demanda si ce n'était pas l'heure de ses études? — Adèle baissa les yeux, et répondit que non. Madame de Joyeuse ne se contenta pas de cette réponse; elle tira encore ses gants l'un après l'autre, répéta plusieurs fois qu'elle avait affaire..... réellement affaire.... sans qu'aucun de nous fît un mouvement pour se lever. — Enfin, elle me demanda si je n'avais pas l'intention d'aller à quelque spectacle? Je lui répondis à mon tour par un non fort respectueux..... Aussi, après avoir balancé encore long-temps, fallut-il bien qu'elle se déterminât à partir.

Nous restâmes dans le silence tant que nous la crûmes sur l'escalier; mais dès que nous la jugeâmes un peu loin, je me livrai à toute la joie que me causait son départ. Adèle avait l'air d'un enfant échappé à son maître. Cependant la peur fut plus forte que tous ses sentimens. Son amour, sa gaieté même ne purent lui donner le courage de m'accorder une minute. Elle me dit de m'en aller bien vite; et me recommanda surtout de tâcher de rejoindre sa mère et de la saluer en passant, afin de lui faire voir que je n'étais pas resté long-temps après elle. Je fus donc forcé de la quitter aussitôt, et de faire courir mes cheveux pour rattraper la lourde et brillante voiture de madame de Joyeuse.

En me voyant, elle sortit presque sa tête hors de la portière, pour s'assurer apparemment si c'était bien moi. Je lui fis une révérence qu'elle ne me rendit pas....

Dès que je fus seul, je me mis à rêver à la crainte affreuse qu'elle inspire à sa fille. J'étais affligé qu'Adèle m'eût renvoyé si promptement, qu'elle eût songé à me dire de saluer sa mère; cette petite fausseté me déplaisait.... Près d'elle, sa gaieté m'amuse; je pense comme elle, j'agis comme il lui plaît: mais la réflexion change toutes mes idées; je me fâche contre elle, contre moi; je suis mécontent de tout le monde.

LETTRE XLVIII.

Paris, ce 6 novembre.

J'avais bien pressenti, Henri, que la mort de monsieur de Sénange serait le commencement de mes véritables peines; cependant, je devais croire qu'Adèle étant libre, rien ne pouvait plus troubler mon bonheur.

Hier matin elle me fit dire de passer chez elle tout de suite: j'y courus aussitôt; je lui trouvai un air embarrassé qui me surprit et m'inquiéta. Elle m'avait envoyé chercher pour me parler, disait-elle, et elle n'osait me rien dire. — Elle me regardait attentivement, ouvrait la bouche…. se taisait… me tendait ses mains à travers la grille….. hésitait…. allait enfin parler, et s'arrêtait encore.

Je ne savais que penser de tant d'émotion. Plus elle paraissait agitée, plus je désirais d'en connaître le motif; mais, ou elle se taisait, ou elle ne retrouvait d'expressions que pour dire qu'elle m'aimait, et m'aimerait toujours!…. Elle le répétait avec une ardeur qui m'effrayait: *toujours! toujours!*….. disait-elle vivement. — Je n'en doute pas, lui répondis-je. — Ces seuls mots lui rendirent son embarras, son silence: ses yeux même se remplirent de larmes…….. Je ne pouvais plus supporter cette incertitude; mais je la suppliais vainement de s'expliquer. Ses promesses d'amour avaient un ton si solennel, que je la regardais quelquefois pour m'assurer si elle était bien devant mes yeux, car ses protestations si répétées annonçaient quelque chose de sinistre: elles avaient l'accent d'un adieu….. Son trouble m'avait gagné au point que, ne sachant qu'imaginer, je lui demandai, avec effroi, si elle se portait bien? Elle répondit qu'oui, et je respirai un moment, comme si je n'eusse plus de chagrins à redouter….. Malheureux que je suis!…..

Cependant, mon inquiétude devenait un supplice. Adèle fit un effort sur elle-même pour m'apprendre que sa mère était venue la veille, et l'avait traitée avec une bonté mêlée de confiance et de plaisanterie, qui lui avait presque fait oublier cette distance respectueuse dans laquelle elle l'avait toujours tenue. — Hé bien! m'écriai-je, fatigué de toutes ces distinctions? "Hé bien! reprit-elle, ma mère voulut savoir si vous resteriez long-temps ici. Comme je ne répondais pas, elle a demandé en riant si j'avais la folle idée de vous épouser? Je n'ai encore rien dit, et elle a ajouté que ce ne serait jamais de son consentement; que votre caractère ferait le tourment de ma vie. Elle a peint avec vivacité le malheur de se trouver en pays étranger sans amis, sans parens, et n'ayant ni consolation ni soutien." — Tout ce que j'avais de force en moi était employé à me contraindre; car, dès que je laissais échapper ma colère, Adèle retombait dans le silence, et j'étais obligé de solliciter long-temps les explications qui allaient me désoler. Enfin elle m'apprit, "que sa mère lui avait avoué que depuis long-temps elle la destinait à un jeune homme qui réunissait tous les avantages de la naissance, de la fortune et des talens…" — "Quel est son nom?" lui dis-je avec un emportement dont je n'étais plus maître. Elle me répondit qu'elle l'avait demandé. — Demandé! comment trouvez-vous cette prévoyance? Sans doute pour se décider ensuite…. Et qui croyez-vous que ce soit? — Monsieur de Mortagne? — Oui, c'est lui. — Elle le nomma; je l'avais trop deviné! — Monsieur de Mortagne, repris-je transporté d'indignation. "Mon seul ami, calmez-vous, me dit-elle; sans cela, il me serait impossible de vous parler." — Elle me répétait qu'elle m'aimait, avec une affection que je ne lui avais jamais vue; mais toutes ses assurances n'arrivaient plus à mon coeur. J'étais appuyé sur la grille sans pouvoir dire un mot, ni même la regarder: un poids insupportable m'accablait; elle parlait et je ne l'entendais pas. — Effrayée elle se leva, et m'appela comme si j'eusse été loin d'elle. Le son de sa voix me cause une douleur aiguë que je ressens encore. Parlez tout bas, lui dis-je, parlez tout doucement. — Alors, il faut lui rendre justice…… alors elle fit tout au monde pour m'adoucir. Se rapprochant de moi, comme si elle eût été près d'un malade affaibli par de longues souffrances, elle m'appelait à voix basse, me donnait les noms les plus tendres, les titres les plus chers.. Mon coeur l'entendait; et peu à peu ce grand orage s'apaisait, lorsque, malheureusement, elle prononça le mot de *mari*: à ce mot je ne me possédai plus. Le mariage pour monsieur de Mortagne n'est qu'une affaire. Il ne se donne pas la peine d'aimer; c'est sa fortune qu'il épouse, son rang qu'il lui offre.

Au lieu d'écouter les douces plaintes d'Adèle, je me laissai aller à toute ma fureur; je l'accusai de perfidie, de vanité. Ses larmes firent cesser tout-à-coup mon emportement; elle tombaient en abondance, et semblaient adoucir ma blessure…. Dès que je parus plus tranquille, elle pressa mes mains de nouveau, et les porta à ses yeux, comme si elle eût voulu me cacher ses pleurs: mais elle s'arrêta; et je vis bien qu'elle avait encore quelque chose à m'apprendre…… Alors, je l'avoue, Henri, surpris qu'il lui restât une nouvelle peine à me faire, je me mis à marcher dans la chambre en lui criant de se hâter, et de tout dire. — "Ma mère, reprit-elle, me vanta long-temps les avantages de ce mariage, mais je l'ai refusé." Ah! ce mot me rendit mon amour et ma soumission; je revins près d'elle, je promis de ne plus l'affliger, de modérer la violence de mon caractère…. La cruelle, abusant bientôt de mes remords, de ma douceur, s'empressa d'ajouter que sa mère n'avait paru ni étonnée, ni fâchée de son refus, et lui avait seulement demandé de voir monsieur de Mortagne comme un parent à qui elle devait des égards…. "Ma mère, continua-t-elle, m'a dit que je croyais vous aimer, et qu'elle ne le pensait pas; que je croyais ne jamais aimer monsieur de Mortagne, et qu'elle était persuadée du contraire. *Ne disputons pas sur ce point, m'a-t-elle dit en riant: voyez-les également tous deux; passez l'année de votre deuil à comparer, à réfléchir; et au bout de ce temps, celui que vous préférerez aura mon consentement.* Ce projet m'était odieux;

mais tremblant de la fâcher, craignant de vous déplaire, j'ai seulement osé lui demander un jour pour me décider: voyez, dictez ma réponse."

Que pouvais-je dire? C'était moi alors qui gardais le silence: il m'était impossible de donner ou de refuser mon aveu à un pareil arrangement.... Cependant, la terreur que sa mère lui inspire est si vive, elle me répéta tant de fois qu'elle m'aimait, que moi, faible créature, je fermai les yeux, et m'en rapportai à elle.... Le croirez-vous? Au lieu de s'effrayer des chagrins qu'elle allait me causer, de se trouver plus à plaindre que moi, elle a paru bien aise; et saisissant aussitôt une permission que je n'avais pas même prononcée, elle m'a remercié.... ou, remercié!.... l'ingrate!.... J'avais été si cruellement agité, que le son de sa voix, son silence, ses paroles, tout me blessait; et cependant je ne pouvais m'éloigner d'elle. J'étais là, sans dire un mot; mes pensées, mes souffrances même avaient encore une sorte de vague que je craignais de fixer. Il me semblait que, tant que je me tiendrais près d'elle, on ne pourrait pas me l'enlever; mais que si une fois je m'en allais, tout serait fini pour moi.... Pourtant, il fallut bien la quitter; et je partis, déjà tourmenté de toutes les horreurs de la jalousie.

LETTRE XLIX.

Paris, ce 25 novembre.

Je ne vous ai pas écrit depuis quelques jours, mon cher Henri, parce que je suis trop mécontent de moi-même. Mes résolutions varient presque aussi rapidement que mes pensées se succèdent; je ne me reconnais plus.

Après avoir eu la faiblesse de consentir qu'Adèle revît monsieur de Mortagne, je passai tout le jour à rêver à sa situation, à la mienne: je ne savais encore à quoi m'arrêter, lorsque le lendemain je retournai à son couvent. J'y allai lentement; c'était la première fois que je ne me hâtais pas d'y arriver.

En entrant dans la cour, je vis un cabriolet auquel était attelé un superbe cheval qui frappait la terre, rongeait son mors, et semblait brûler de partir. Son maître est ici depuis long-temps, me dis-je intérieurement; car un instinct secret m'avertissait que cette voiture appartenait à monsieur de Mortagne.

Je montai l'escalier avec une répugnance extrême, et cependant j'avançais toujours. J'allais entrer dans le parloir, lorsque j'entendis des éclats de rire à travers lesquels je reconnus la voix d'Adèle. Sa gaieté me fit redescendre quelques marches, qu'il fallut remonter pour suivre le laquais qui m'avait annoncé.

Je trouvai monsieur de Mortagne avec un grand chien qui était la cause de tout ce bruit. Ses soeurs étaient avec Adèle dans l'intérieur du parloir. Après les complimens d'usage, la plus jeune d'elles pria son frère de faire recommencer au chien les tours qu'il avait déjà faits; le voilà donc faisant sentinelle, et toutes ces bêtises qui ne devraient amuser que des enfans. Mesdemoiselles de Mortagne s'en divertissaient beaucoup, mais Adèle ne riait plus. — Elle me regardait avec inquiétude: la joie de ses amies, les soins que se donnait leur frère, n'attiraient plus son attention; c'était même avec effort que sa politesse la forçait quelquefois à sourire... Déjà, me disais-je, elle se contraint pour moi..... Encore un jour, et elle s'en cachera peut-être: de la crainte à la dissimulation il n'y a qu'un instant.

Le sérieux avec lequel je regardais le maître et le chien fit bientôt cesser ce badinage; d'ailleurs, l'impatient cheval se faisait toujours entendre; et les cris continuels du palefrenier avertissaient assez de la peine qu'il avait à le contenir. Adèle en fit la remarque, sans y attacher d'importance. Mais monsieur de Mortagne se leva aussitôt, et sortit avec empressement, en lui jetant un regard qui disait: *Je ne gêne personne, moi! Je ne suis point jaloux....* Si jeune, point jaloux!... Il a donc déjà renoncé à l'amour! Adèle, vous suffirait-il d'être aimée ainsi?

Ses soeurs coururent à la fenêtre pour le voir partir. — Je l'entendis qui fouettait, arrêtait, excitait son cheval; elles détournaient la vue, lui disaient de prendre garde; mais ni leur peur, ni leurs cris ne purent engager Adèle à se déplacer; elle resta assise près de moi. — "Si je n'avais pas été ici, lui demandai-je tout bas, seriez-vous restée? — Non, me répondit-elle; je crois que par curiosité j'aurais été à la fenêtre. — Oui, lui dis-je, par curiosité; mais monsieur de Mortagne aurait cru que c'était lui qui vous y attirait."

Quelques minutes après, ses soeurs nous ont laissèrent seuls. — Comme Adèle était embarrassée!.... Je pris sa main et la baisai en soupirant.... "Je n'ai rien à me reprocher, me dit-elle; et cependant je ne suis plus contente....." — Sa douceur me toucha; je ne pensai plus qu'à la crainte que sa mère lui inspire; je la plaignis, la plaignis sincèrement. Avec quelle tendresse je cherchais à la rassurer, à la consoler! — "Si vous saviez, me dit-elle, comme vous êtes différent de vous-même! Lorsque vous êtes entré, votre visage était si sévère! — Avant que j'arrivasse, lui répondis-je en souriant, vous étiez si gaie!"

Elle sourit à son tour; mais ce sourire avait une expression de tristesse et de douceur qui me pénétra. "J'avoue, reprit-elle, que je ne suis assez forte, ni pour déplaire à ma mère, ni pour vous fâcher." — Elle rêva long-temps, et finit par me proposer de ne jamais voir monsieur de Mortagne qu'en ma présence. Cette idée, qui lui paraissait devoir tout concilier, avait quelque chose qui me blessait. Cependant elle en était si satisfaite que nous nous séparâmes contens l'un de l'autre, et nous aimant, je crois, plus que jamais.

Deux jours après, Adèle m'écrivit que monsieur de Mortagne lui avait fait demander si elle serait chez elle après dîner, et qu'elle me priait de m'y rendre de bonne heure. Je fus exact; mais il arriva presque en même temps que moi, et parut étonné de me rencontrer. Cependant, il se remit aussitôt, comme un homme maître de ses passions, ou plutôt n'ayant déjà plus de passions; il fit plusieurs complimens à Adèle, qui lui répondit avec une sécheresse que je n'approuvai point.... Ne pourra-t-elle donc jamais le traiter comme un homme ordinaire? et aura-t-il toujours à se plaindre ou à se louer d'elle? Je comptais lui en faire quelques reproches dès que nous serions seuls; mais soit qu'il espérât demeurer après moi, ou qu'il s'amusât à me tourmenter, il ne s'en alla qu'au moment où l'on vint avertir Adèle que la supérieure la demandait.... Alors il fallut bien que nous sortissions en même temps; il sauta plutôt qu'il ne descendit l'escalier, se jeta dans sa voiture, et partit comme un éclair. Dès qu'il fut hors de la cour, Adèle parut à sa fenêtre, et me salua comme si elle m'eût dit: *J'ai attendu qu'il n'y fût plus pour me montrer...* Combien je lui sus gré de cette petite attention!... Que la plus légère préférence laisse de douceur après elle! En quittant Adèle, ma raison avait beau me dire que cette froideur était trop loin de son caractère pour durer.... qu'elle passerait bientôt, et que si monsieur de Mortagne s'obstinait à la voir, il finirait par en être supporté.... Adèle à la fenêtre, et n'y venant que pour moi, détruisait toutes ces réflexions.

Mais hier, elle m'écrivit qu'il allait encore venir. — Je ne reçus sa lettre qu'à l'heure même où il devait être déjà chez elle; je m'y rendis, détestant le rôle auquel ma complaisance m'avait soumis. — En effet, quelle lâcheté de lui permettre de le recevoir si j'étais inquiet! et si je n'étais point jaloux, pourquoi ne pas oser les laisser ensemble?... Vingt fois j'eus envie de retourner sur mes pas, et cependant j'avançais toujours: mes sentimens changeaient, se heurtaient, et n'en devenaient que plus douloureux.

Lorsque j'entrai chez elle, je remarquai que monsieur de Mortagne regarda plusieurs fois ses soeurs, d'un air d'intelligence. Mon humeur augmenta, mes soupçons se renouvelèrent. Adèle aussi me demanda de mes nouvelles, d'une voix qui me semblait plus assurée qu'à l'ordinaire; et lui-même s'avisa de m'adresser plusieurs fois la parole. Je crus voir régner entre eux une aisance, une facilité de conversation qui me confondaient... Elle se fit apporter un dessin qu'elle venait de finir; il le loua avec tant d'exagération, qu'elle rejeta ses éloges, mais si faiblement, qu'on sentait bien que la flatterie ne lui déplaisait pas.... D'ailleurs pourquoi lui faire connaître ses talens, si elle ne désire pas lui plaire?... Non, Henri, non, je ne souffrirai pas qu'elle le revoie... Cette affectation de ne le recevoir que devant moi, n'est qu'une ruse de femme; j'entends ce qu'elle dit, mais sais-je ce qu'elle pense?....

Pour achever de me tourmenter, sa mère arriva peu de temps après moi, et dit à sa fille qu'elle avait à lui parler: je me levai pour les laisser libres. Monsieur de Mortagne fit aussi un mouvement pour s'en aller, mais madame de Joyeuse lui dit de s'arrêter.... Indigné, j'allais me rasseoir, peut-être même faire une scène ridicule, lorsqu'Adèle, plus pâle que la mort, me dit adieu, et me pria de revenir aujourd'hui.... Sa terreur me fit pitié; je reviendrai, oui je reviendrai, et certes je ne me laisserai pas jouer plus long-temps.... Elle ne le reverra jamais!.... Que peut lui faire la colère de sa mère? elle n'en dépend plus.... Si je dois l'épouser un jour, mon opinion, mon estime seules doivent la diriger. Je lui proposerai d'aller à Neuilly; d'y passer tout le temps de son deuil; si elle me refuse, c'est qu'elle ne m'aura jamais aimé.... Mais aussi si elle y consent!.... Insensé!.... si elle y consent! souffriras-tu qu'elle manque à des convenances que les femmes doivent toujours respecter? Ah! je ne serai jamais heureux, ni avec elle, ni sans elle!...

LETTRE L.

Neuilly, ce 22 janvier.

Je la revis hier, et, comme à l'ordinaire, elle voulut essayer de me toucher par sa douceur, de me séduire par ses larmes; mais je m'étais armé de courage, et je sus leur résister. J'exigeai qu'elle ne revît jamais monsieur de Mortagne. "Adèle, lui dis-je, ma chère Adèle, n'écoutez plus de vaines frayeurs, une fausse timidité. Consentez à déclarer à votre mère les sentimens qui nous unissent. — *Je n'oserai jamais.* — Adèle, je vous aime de toutes les forces de mon ame; je vous aime plus que moi-même, plus que la vie; mais je ne puis souffrir ce partage d'intérêt. Ma jalousie vous offense, me dégrade, et cependant je ne saurais m'empêcher d'être inquiet." — Alors nous entendîmes le bruit d'une voiture; car depuis que madame de Joyeuse veut sacrifier sa fille une seconde fois, elle l'obsède sans cesse; et le matin, l'après dînée, le soir, quelle que soit l'heure où j'arrive, elle accourt toujours sur mes pas. "Voilà votre mère, m'écriai-je; ce moment est peut-être le dernier. Prononcez que vous ne reverrez jamais monsieur de Mortagne, ou dites-moi de vous fuir sans retour." — "*Ma mère me fait trembler.*" Je n'en entendis pas davantage, et la quittai sans savoir ce que je faisais.

Décidé à me guérir d'un amour si faiblement partagé, je courus à mon hôtel garni demander des chevaux pour retourner en Angleterre. John voulut vainement représenter, demander quelques heures: "Pas une minute, lui dis-je; laissez tout ce que je ne puis emporter, et marchons." — Cependant je n'avais pas fait deux lieues, que l'envie de savoir ce que deviendrait Adèle me tourmenta. D'ailleurs, je voulais bien l'abandonner; mais, certes je ne consentais pas à la céder à monsieur de Mortagne, et j'étais déterminé à lui arracher la vie plutôt que de la lui voir épouser. Dans cette agitation je revins à Neuilly. Cette maison m'appartient; ainsi j'en puis disposer.

Lorsque je fus arrivé, je fis venir les gens de monsieur de Sénange que j'ai tous gardés. "Des raisons particulières, leur dis-je, font que je ne veux point qu'on sache mon séjour ici; s'il vient à être connu, je ne pourrai en accuser que vous, et je vous chasserai tous." — Alors ils se regardèrent les uns les autres, comme suspectant chacun leur fidélité. — "Mais si je parviens à être ignoré, je vous récompenserai tous." Ils se regardèrent de nouveau, en se faisant par signes de mutuelles recommandations, et quand ils sortirent, j'entendis qu'ils se promettaient d'être discrets; ainsi j'espère qu'ils le seront.

J'ai senti une sorte d'effroi, en revoyant ce lieu où j'ai éprouvé des émotions si vives, des peines si cruelles!

Je ne suis encore entré que dans l'appartement que j'occupais. Je redoute de voir celui de monsieur de Sénange, la chambre d'Adèle; je le crains d'autant plus, que j'avais ordonné qu'on ne déplaçât aucun meuble, que chaque chose restât comme elle était lorsqu'ils occupaient cette maison. Les habitudes de monsieur de Sénange seront conservées, ses goûts respectés. Il faut garder bien peu de mémoire des morts pour déranger sans scrupule les objets auxquels ils tenaient. On ne sait pas soi-même ce qu'on perd de petits souvenirs, d'impressions douces, combien on affaiblit ses regrets, en faisant le moindre changement dans les lieux qu'ils ont habités!

Adieu, je ne fermerai point cette lettre, et je vous écrirai sans ordre, sans suite, un journal de mes projets, de mes inquiétudes, ce que j'apprendrai d'Adèle, enfin ma vie: trop heureux si je puis un jour retrouver mon indifférence!

Ce 23 janvier, six heures du soir.

J'ai revu ces jardins. Il n'y a pas un arbre qui ne m'ait rappelé Adèle, et ses petites joies, lorsque, plus diligente que moi, elle arrivait de meilleure heure, et passait dans l'île pour voir le travail des ouvriers; elle gardait le bateau, attendant sur le rivage que je parusse à l'autre bord... alors elle se moquait de ma paresse, de mon embarras, et me faisait des signes pressans de venir la trouver. Quand je lui montrais le bateau qui était attaché près de l'île, j'entendais les éclats de ce rire frais et gai qui passe avec la première jeunesse. Elle me disait un léger adieu; partait comme pour ne plus revenir, mais s'arrêtait de manière à ne pas me perdre de vue; se cachait derrière les arbres, croyant que je n'apercevrais pas le transparent de sa mousseline blanche, de sa robe de neige; puis elle venait me saluer, feignait de me voir pour la première fois; puis enfin, elle m'envoyait ce bateau; j'allais la joindre... Joies innocentes! plaisirs simples qui me rendiez si heureux! plaisirs que je me rappelle tous!

For oh! how vast a memory has love!

suis-je donc condamné à vous perdre sans retour?

Ce 24 janvier, à midi.

Quelle démence a pu me porter à venir dans cette maison? Etait-ce pour oublier Adèle? est-ce ici que je me permettais de la haïr? ici, où j'ai juré d'être à elle et de lui consacrer ma vie.

Ce matin je suis entré dans la chambre où monsieur de Sénange est mort. Les fenêtres en étaient fermées. Une obscurité religieuse couvrait ce lit où il a rendu les derniers soupirs. Je m'en suis approché; et là, une voix secrète, ma conscience peut-être, m'a répété les paroles qu'il m'a dites avant de mourir... le pardon qu'il m'avait accordé, sous la condition de me dévouer au bonheur d'Adèle, et d'être plus indulgent. Ai-je rempli ma promesse? Cet excellent homme m'approuverait-il?... Je suis sorti lentement de cette chambre. Ma colère était passée; je n'étais plus que le défenseur d'Adèle, et le juge sévère de moi-même.

J'ai été dans l'île voir le monument qu'elle a fait élever à la mémoire de monsieur de Sénange. Un obélisque très-simple couvre sa tombe, sur laquelle elle a fait graver ces mots:

Il ne me répond pas, mais peut-être il m'entend.

Et moi, que lui dirais-je?

A deux heures.

Je viens d'ordonner à John de prendre un cheval à la poste, et d'aller descendre à Paris, dans l'hôtel garni que j'occupais, comme s'il revenait pour chercher quelque chose qu'il avait oublié; mais mon dessein était qu'il s'informât adroitement si Adèle avait envoyé chez moi, et qu'il sût de ses nouvelles. En attendant le retour de John, je vais promener ma tristesse dans la campagne. Le temps est beau, quoiqu'au milieu des rigueurs de l'hiver. Une visite à la famille de Françoise sera sûrement bien reçue; et peut-être leurs visages satisfaits me rendront-ils plus tranquille.

Paris, 10 heures du soir.

En revenant de chez Françoise, je suis entré dans la cour, et j'ai vu sur le sable les traces d'un carrosse. Les sillons me prouvaient qu'on n'était pas entré dans la maison, mais que la voiture s'était arrêtée à la grille du jardin, et de là avait gagné la cour des écuries.... Henri! moquez-vous encore de l'amour! Malgré l'invraisemblance d'une pareille visite, mon coeur, mes yeux même, me disaient que cette voiture appartenait à Adèle. Je suis entré avec précipitation dans le jardin, et je l'ai aperçue suivie de deux de ses femmes, qui prenaient le chemin de l'île. J'ai couru la joindre. Elle ne m'attendait pas. En me voyant, elle a jeté un cri; une pâleur mortelle a couvert son visage; et cependant avec quelle joie elle m'a dit: "Je craignais que vous ne fussiez parti pour l'Angleterre." J'ai pris ses mains, et les pressant contre mon coeur: "Adèle, lui ai-je répondu, qu'avez-vous décidé?["] — "Rien: je me désespérais de votre départ; je vous croyais absent, et je venais ici pleurer monsieur de Sénange, pleurer sur vous, sur moi-même." — "Aurez-vous du courage." — "Je n'en trouve pas contre ma mère! Ne me rendez pas malheureuse; ayez pitié de ma faiblesse." Elle paraissait si accablée, que je l'ai prise vivement dans mes bras pour la soutenir. A l'instant je me suis senti arrêter par une main étrangère; et, me retournant, j'ai vu madame de Joyeuse, transportée de fureur. Elle avait été au couvent, y avait appris qu'Adèle venait de partir pour Neuilly, et l'avait immédiatement suivie. — "Vous! implorant lord Sydenham!" s'est-elle écriée.
— Adèle est tombée à genoux devant sa mère; et, avec une voix qu'on entendait à peine: — "Ma mère, lui a-t-elle dit, je l'aime. Il vous respectera

aussi, n'en doutez pas. Je vous ai obéi une fois sans résistance; récompensez-moi aujourd'hui en faisant mon bonheur."

Madame de Joyeuse a déclaré qu'elle ne consentirait jamais à ce mariage, a réprimandé durement sa fille, et a cherché à m'insulter, en disant que je n'ambitionnais que l'immense fortune d'Adèle. — Sa fortune! lui ai-je dit avec mépris, je la refuse; gardez-la pour ses frères. Je ne veux de votre fille qu'elle-même. A ces mots, j'ai vu sur son visage un mélange d'étonnement et de doute. "Vous l'entendez, a dit Adèle; que n'y avons-nous pensé plutôt! Oui, ma mère, mon jeune frère n'est pas riche; donnez-lui tout mon bien, et rendez heureux vos enfans." — "Oui, ai-je répété, tous vos enfans;" car, soit par cette confiance que donne la générosité, soit par un effet de l'amour, je ne me trouvais point humilié de descendre envers elle jusqu'à la prière; je suis aussi tombé à ses pieds. Elle a cessé de résister, de traiter de folie le désintéressement de sa fille. Elle a même prétendu être obligée de la défendre contre une passion insensée: mais j'ai su détruire des scrupules qui ne demandaient peut-être qu'à être vaincus; et j'ai promis d'assurer à Adèle au-delà du sacrifice qu'elle me faisait. Enfin mes instances, mon dévouement, les caresses de sa fille ont achevé de l'entraîner, et elle m'a appelé son fils, en embrassant Adèle.

Ce n'est pas tout, Henri: madame de Joyeuse, peut-être pour se sauver un peu de mauvaise honte; car elle a dit bien du mal de moi, a bien souvent protesté que je ne serais jamais son gendre; madame de Joyeuse a décidé que notre mariage aurait lieu aussitôt après l'arrivée de ses fils, qu'elle fait voyager dans les différentes cours de l'Europe. Elle va leur écrire pour presser leur retour.

P.S. Je joins ici la copie d'une lettre qu'Adèle avait envoyée chez moi, et que John m'a rapportée. Que j'étais injuste! et combien d'amers repentirs eussent été la suite de mon caractère jaloux et emporté! Oh! je ne mérite pas mon bonheur; mais puissé-je le justifier par la conduite du reste de ma vie!

"Mon ami, mon seul ami, vous avez pu me fuir, ne pas me répondre lorsque je vous appelais. Je me suis précipitée à la fenêtre du parloir; mais vous n'avez pas tourné la tête. C'est la première fois que vous partez, sans m'y chercher encore pour me dire un dernier adieu. Si vous m'aviez regardée, vous m'auriez vue au désespoir. Mon seul ami! sûrement vous ne doutez pas de votre Adèle. Je vous appartiens par le voeu de mon coeur, par l'ordre de monsieur de Sénange. Pourquoi n'avoir pas pitié de ma faiblesse? Ne suffit-il pas que la présence de monsieur de Mortagne vous inquiète, pour qu'elle me soit odieuse? Cependant j'avoue, que pour satisfaire ma mère, j'aurais voulu le recevoir jusqu'à l'époque qu'elle a fixée. Mais si ce sacrifice vous est trop pénible, dictez ma conduite. Je n'ai pas besoin d'être à vous pour respecter votre inquiétude; songez seulement, avant de rien exiger, que mon attachement pour vous ne saurait être douteux, et que ma timidité est extrême."

A cette lettre était joint le portrait d'Adèle, et sur le papier qui le renfermait elle avait écrit: "Puisse-t-il vous ramener!"

LETTRE LI.

Paris.

Après avoir toujours partagé mes peines, avoir si souvent écouté mes plaintes, je vous dois bien, mon cher Henri, de vous apprendre aujourd'hui que je suis le plus heureux des hommes.

Je viens de l'autel. Adèle est à moi; je lui appartiens. Elle a donné toute sa fortune à son jeune frère. Madame de Joyeuse est contente, chérit sa fille; elle m'aimera. Monsieur de Mortagne est oublié de tous. Jouissez du bonheur de votre ami.

www.ingramcontent.com/pod-product-compliance
Ingram Content Group UK Ltd.
Pitfield, Milton Keynes, MK11 3LW, UK
UKHW040742200225
455358UK00004B/254

9 789366 382197